Kaśka Bryla
Roter Affe

Liebe Edith,
vielen Dank für die Einladung und den super schönen Abend!
Alles Liebe!
Kaśka

Klagenfurt, 2021

Kaśka Bryla

Roter Affe

Roman

Residenz Verlag

MIX
Papier aus verantwortungsvollen Quellen
FSC® C014496

Überlappungen mit Personennamen,
Institutionen oder Orten sind rein zufällig.
Diese Geschichte ist pure Fiktion.

Wir danken für die Unterstützung

Stadt Wien Kultur

Bibliografische Information der Deutschen Nationalbibliothek
Die Deutsche Nationalbibliothek verzeichnet diese Publikation
in der Deutschen Nationalbibliografie; detaillierte bibliografische
Daten sind im Internet über http://dnb.dnb.de abrufbar.

www.residenzverlag.com

Umschlaggestaltung: Eva Grün, https://eva.einfach.org
Typografische Gestaltung, Satz: Lanz, Wien
Lektorat: Jessica Beer
Gesamtherstellung: GGP Media GmbH, Pößneck

ISBN 978 3 7017 1732 3

Für Władysława Monika Sułkowska Bryła

Prolog

Mania lief die Straße entlang. Sie war fünf Jahre alt und wusste, dass sie fünf Jahre alt war. Es war Sommer, später Nachmittag, vielleicht schon Abend. Die Uhrzeit kannte sie noch nicht, aber in diesem Sommer würde Mania von ihrem Vater die erste Uhr geschenkt bekommen.

Eine warme Windböe blies ihr ins Gesicht. Unter den nackten Füßen glühte der Asphaltboden. Sie sprang immer wieder von der Straße auf den Gehweg, wo Pflastersteine die verbrannten Fußballen kurz abkühlten. Die Arme hatte sie weit ausgestreckt. Rechts und links standen Einfamilienhäuser einer Reihenhaussiedlung, abwechselnd gelb und weiß. Hinter Mania rannte Tomek. Sie hörte das Klappern seiner Sandalen.

Es war ein Moment, in dem alles stimmte, und Mania beschloss, dass sie ihn für alle Zeit behalten wollte. Bisher war es so: Die Momente kamen und gingen. Aber ab jetzt bestimme ich. Ich, der Sommerwind, die Häuser, die Straße und Tomek hinter mir. Dieses Bild soll bleiben, bis ich sterbe.

Tomeks verschwitzte Hand klatschte auf ihre Schulter. »Hab dich!«, brüllte er ihr ins Ohr und rang nach Luft. Sie drehte sich um und kicherte. Dann streifte sie seine Hand ab. »Gar nicht!«, antwortete sie und rannte weiter. »Bis zum Badeteich! Wer zuerst ist, hat gewonnen.«

»Du bist gemein!«, hörte sie die Stimme von Tomek, der hinter ihr zurückfiel. Er würde nicht aufgeben, obwohl beide wussten, dass Mania die Schnellere war. Bei der Kreuzung hielt sie kurz an. Sie zögerte. »Das darfst du nicht!«, rief Tomek außer Atem. »Das darfst du nicht!«, schrie er noch lauter. Mania sah auf die Kreuzung. Alles war still, wie in einem ihrer Bilderbücher. Ihr Herz klopfte heftig. Sie kniff die Augen zu und rannte los. Es war nicht weit. Als sie die Kieselsteine unter den Füßen spürte, öffnete sie die Augen. Tomek stand noch immer auf der anderen Seite, die Arme vor der Brust verschränkt, den Blick zu Boden gerichtet. »Feigling!«, rief Mania und lachte. »Jetzt komm schon! Ich will schwimmen!« Tomek schüttelte den Kopf. Die blonden Locken wirbelten über sein Gesicht. »Bitte, bitte!« Sie wusste, er würde nachgeben. Ein Auto fuhr langsam über die Kreuzung und versperrte ihr für einen Augenblick die Sicht. Tomek hatte jetzt die Hände zu Fäusten geballt. Mania klatschte. Tomek lief los.

Dann schwammen sie gemeinsam so weit hinaus, wie sie konnten. Ein feuerroter Sonnenball verschwand zügig hinter der Reihenhaussiedlung.

»Und nun?«, fragte Tomek, als sie wieder am Ufer saßen, und warf einen Kieselstein ins Wasser. »Ich hab Hunger«, antwortete Mania. »Ich auch«, sagte Tomek, »aber wie kommen wir zurück?« Erschrocken blickte Mania auf. Das hatte sie nicht bedacht. Sie mussten noch einmal über die verbotene Kreuzung laufen. »Du immer und deine Ideen«, murmelte Tomek. Mania stand auf und schmiss eine Handvoll Kieselsteine ins

Wasser. »Was denkst du? Wenn wir auf die andere Seite des Sees schwimmen und dann weiterlaufen? Sind wir dann in einem anderen Land?« Tomek zuckte mit den Schultern. »Ich möchte nach Hause«, sagte er, ohne sich zu bewegen. Mania setzte sich und legte den Arm um ihn.

Ganz plötzlich war es dunkel, und viele Schritte auf einmal näherten sich. Auch Stimmen, die ihre Namen riefen. Bevor sie antworten konnte, spürte Mania, wie sie von den Händen ihres Vaters hochgezogen wurde und auf den Beinen stand. Sie konnte sich nicht erinnern, eingeschlafen zu sein. Tomeks Vater kniete vor Tomek und schüttelte ihn so lange, bis Tomek zu weinen anfing. Mania sah zu ihrem Vater hoch. Sie wollte schnell sagen, dass es ihr leidtat, aber die Worte blieben ihr im Hals stecken. Er hielt ihr das Kleid hin und befahl nur: »Zieh dich an!« Sie hörte Tomek schluchzen, und das machte, dass sie sich elend und schlecht fühlte. Es war meine Idee, wollte sie sagen, aber wieder kamen die Worte nicht heraus. Immer brachte sie Tomek und sich in Schwierigkeiten, dabei hatte sie nur kurz ins Wasser tauchen wollen. Jetzt war alles mies. Sie würde nicht bei Tomek schlafen dürfen. Und Tomek weinte. Sie wollte sich losreißen und Tomek das Weinen aus dem Gesicht wischen. Er sollte nicht weinen, nicht wegen Mania und am besten überhaupt nie. Morgen würde er wütend auf sie sein. Das war schlimmer als der Blick ihrer Mutter, die zu Hause auf sie wartete. Mania überlegte, womit sie es bei Tomek wiedergutmachen konnte. Das eine Auto, das ihm so gut gefiel. Mania hing ohnehin nicht daran. Das würde sie morgen mitbringen und so tun, als ob es sehr wertvoll für sie wäre. Dann würde Tomek ihr verzeihen und alles wäre gut. Ihr Vater schob sie durch die Tür. »Agatha! Ich hab deine Tochter gefunden!« Manias Mutter kam ins Vorzimmer. Ihr Gesicht war müde. Sie hielt eine Zigarette zwischen den Fingern und sah Mania aus ihren müden Augen so böse an, dass diese zu zittern begann. Heiße Tränen flossen ihr die Wangen hinab. »Es tut mir leid«, sagte sie sehr leise. Ihre Mutter sagte nichts. Sie zog an der Zigarette. Dann ging sie in die Küche. »Siehst du«, sagte ihr Vater. »Siehst du, was du angerichtet hast?« Mania nickte und konnte nicht aufhören zu weinen. »Geh ihr nach und entschuldige dich.«

»Aber«, wollte Mania protestieren. »Mach es einfach«, sagte ihr Vater. Mania setzte vorsichtig einen Fuß vor den anderen und merkte, wie schmutzig ihre Füße waren. Durch das Glas der Küchentür drang Licht und sie hörte das Radio. Als sie die Klinke hinunterdrückte und die Tür zu sich zog, kam ihr eine graue Rauchwolke entgegen. Ihre Mutter saß am Küchentisch. Sie sah nicht auf. Mania blieb im Türrahmen stehen. »Es tut mir leid«, sagte sie und konzentrierte sich darauf, dass ihre Stimme nicht brach. »Was tut dir leid?«, fragte ihre Mutter. Zuerst wollte Mania sagen, dass es ihr leidtat, dass Tomek geschüttelt worden war und deshalb weinte, aber sie ahnte, dass es die falsche Antwort war. Was tat ihr leid? Jetzt sah die Mutter Mania direkt ins Gesicht. »Was tut dir leid?«, fragte sie noch einmal, und diesmal schwang Gefahr in ihrer Stimme. Mania überlegte panisch. Es gab den richtigen Satz, das wusste sie, sie musste sich nur an ihn erinnern. Wo war er nur hin, dieser Satz? Gleich war es zu spät, und sie würde so schlafen gehen müssen, mit diesem kalten Blick ihrer Mutter auf ihr. »Es tut mir leid«, wiederholte sie, weil sich der Satz einfach nicht finden ließ. »Wenn du nicht weißt, was dir leidtut, ist deine Entschuldigung auch nichts wert.«

Mania nickte und sah zu Boden. »Geh jetzt ins Bett. Ich will dich nicht mehr sehen.« Erleichtert darüber, dass es vorbei war, drehte Mania sich um und ging an ihrem Vater vorbei in ihr Zimmer. Sie schlüpfte unter die Bettdecke, die sie bis zur Nasenspitze hochzog. Durch das Fenster sah sie den Mond und überlegte, ob Tomek den Mond auch sah, ob er noch immer weinte, ob er sich wirklich über das Auto freuen würde, ob sie heute Nacht davon träumen konnte, mit Tomek auf die andere Seite des Sees zu schwimmen, um dann in einem anderen Land zu sein. Nicht mehr in Österreich, aber auch nicht in Polen, sondern in einem Land, das sie noch nicht kannte, einem Land, wo alles anders war, wo es überall Eiscreme gab, wo selbst Grillhuhn und Leberkäse aus Eiscreme waren.

Tomek saß auf der Stufe vor der Haustür und versuchte umständlich, seine Schnürsenkel zu binden. Er hatte noch nicht bemerkt, dass Mania vor ihm stand und ihn beobachtete. Sie nutzte den Schatten, den die Hauswand warf. Schließlich beugte sie sich hinunter, schob seine ungeschickten Hände beiseite und band ihm die Schuhe zu. »Laufen wir zum Feld?« Tomek nickte.

Wenn sie die Straße der Einfamilienhäuser bis ans Ende liefen, begannen die Felder. Łąki nannten Mania und Tomek sie. Das polnische Wort für Felder, ohne genauere Angaben, um was für eine Art Felder es sich handelt. Eigentlich waren die Łąki nur Brachen, von Sträuchern und hohen Gräsern durchsetzt, verwildert. Die echten Mais-, Erdbeer- und Spargelfelder lagen dahinter.

Die Reihenhaussiedlung mit den Łąki und den echten Feldern befand sich auf der Westseite des Teichs. Auf der Ostseite, in dem anderen Land, das weder Tomek noch Mania bisher betreten hatten, standen hohe Wohnblöcke, grau, hässlich und vertraut, weil sie wie Zwillinge der Wohnblöcke in Warszawa waren.

Jelonki hieß der Stadtteil mit den Wohnblöcken in Warszawa. Dort wohnte im ersten Wohnblock von der Straße aus Manias Großmutter. Drei Blöcke weiter lebten Tomeks Großeltern. Eine riesige Łąka lag vor den Wohnblöcken in Jelonki, so groß, dass sich Tomek und Mania darin verlieren hätten können, wären dort nicht die anderen Kinder gewesen. Diese Kinder lebten das ganze Jahr über in den Wohnblöcken. Sie kannten ihre Łąka in- und auswendig und nahmen Tomek und Mania immer wieder in ihr Rudel auf. Die Łąki in Wien gehörten nur Mania und Tomek, obwohl es auch dort andere Kinder gab.

»Lass uns noch mehr Äste holen«, sagte Mania. Sie hatten vor einiger Zeit begonnen, um den schiefen Baum herum, der in der Mitte der Łąka mehr zur Seite als zum Himmel wuchs, eine Höhle zu bauen. Dort war es kühl. Mania legte sich auf den Boden. Mit einem spitzen Stein ritzte sie ein Herz in die Erde. Tomek legte die Äste vor die Höhle. »Was machst du da?« Er legte sich zu ihr und schob einen Grashalm in ihr Nasenloch. Mania kicherte. »Ist das für mich?«, fragte er und zog mit dem Grashalm die Herzform nach. »Für uns«, antwortete Mania. »Es fehlen noch unsere Namen.« Sie sah zu Tomek, der ebenso wenig schreiben konnte wie sie. »Dann schreib sie doch hin«, schlug Tomek vor. »Warum nicht du?«, warf Mania zurück. Er zuckte mit den Schultern. »War doch deine Idee.«

»War doch deine Idee«, äffte Mania ihn nach. Sie nahm den spitzen Stein und ritzte Zeichen unter das Herz, die sie mit einem Plus verband. Das Plus war überzeugend. Ihre Mutter hatte es Mania vor Kurzem erklärt. Minus und Mal kannte sie auch. »Das sind unsere Namen?«, fragte Tomek ungläubig. Mania nickte. »Ich kann nämlich schreiben«, fügte sie stolz hinzu. »Woher kannst du schreiben?« Sie spürte, dass er sich nicht entscheiden konnte, ob er ihr glauben sollte. »Weil ich's kann«, behauptete Mania und sah ihm dabei ernst in die Augen. »Das ist nicht wahr!« Sie freute sich, dass Tomek sich ärgerte. »Beweis, dass es nicht wahr ist«, forderte sie ihn heraus. Tomek kniete sich vor das Herz und starrte auf die Buchstaben, dann sah er Mania an. In seinen Augen standen Tränen. »Es ist nicht wahr!«, beharrte er. Jetzt rollten die Tränen seine Wangen hinunter und fielen auf die Buchstaben. Mania stand auf. »Hör auf zu heulen«, sagte sie so streng, dass sie kurz vor ihrer eigenen Stimme zurückschrak. »Hör auf zu heulen«, wiederholte sie und trat ihm mit dem Fuß ins Gesicht. »Aua!«, schrie Tomek und hielt sich die Nase. Zwischen seinen Fingern quoll Blut hervor. »Hör auf zu heulen!«, schrie Mania, schubste ihn nach hinten und setzte sich rittlings auf seinen Brustkorb. »Aua! Aua!«, schrie Tomek, aber er wehrte sich nicht. »Tu doch, dass ich aufhöre! Mach doch!« Tomek ließ die Arme zur Seite sinken. Mania wollte noch einmal zuschlagen, ihm noch einmal die Faust auf die schon blutige Nase hauen. Ihr Arm schwang empor und blieb beim Runterpreschen mitten in der Bewegung stehen. Stattdessen sammelte sie Spucke in ihrem Mund und ließ sie langsam auf seine Nase tropfen. Tomek drehte sein Gesicht nicht weg. »Du bist ein Tschusch«, sagte Mania kalt und ließ von ihm ab. Sie nahm den Stein und verwischte die Zeichen und das Plus. Das Herz ließ sie stehen. »Selber Tschusch«, entgegnete Tomek und setzte sich auf. »Du bist gar kein Tschusch«, korrigierte sie sich, »du bist ein Feigling.« Tomek sagte nichts. »Ich geh Äste sammeln.« Sie ließ ihn in der Höhle zurück und hörte, dass er wieder zu weinen anfing. »Tschuschen heulen nicht«, sagte sie laut und hob einen Ast nach dem anderen vom Boden auf.

Wenn Mania Streit mit ihrer Mutter hatte, floh sie zu Tomeks Mutter, Kaja. Kajas Haut roch nach Rosenblüten. Das hatte Mania eines Nachmittags verwundert festgestellt, als sie auf Kajas Schoß gesessen hatte. Gemeinsam sahen sie einen Spielzeugkatalog durch. Tomeks Geburtstag stand kurz bevor, und Kaja hatte sie, Mania, um Rat gefragt. Vor lauter Stolz war Mania erst rot angelaufen und hatte dann, ohne die Miene zu verziehen, genickt.

Tomeks Mutter war Malerin. Überall im Haus hingen Bilder, aus denen Mania die Farben leuchtend entgegensprangen. Im Esszimmer hing eines, auf dem Tomek und Mania zu erkennen waren. Ein Foto von einem der gemeinsamen Urlaube an der polnischen Ostsee hatte als Vorlage gedient. Im Hintergrund waren Meeresschaum und Wolken. Beide trugen sie weiße Kappen und sonst nichts. An den Urlaub erinnerte sich Mania kaum, außer an die Maikäferplage am Strand und den Ärger darüber, stundenlang in der Sonne baden zu müssen. Sie begriff nicht, worin der Sinn bestand, braun zu werden, wenn es ohnehin wieder wegging. Für diese kurze Phase der Bräune diese Stunden der Langeweile? Aber das Bild mochte sie, weil Kaja es gemalt hatte. Alles, was Kaja malte, gefiel ihr, und sie versuchte, es ihr nachzumachen. Ganze Blöcke kritzelte sie voll, ohne dass auch nur eines der Bilder an die von Kaja heranreichte. Das war nicht schlimm, solange es Kaja auch nicht schlimm fand, solange Kaja ihre Bilder gefielen.

Kaja war viel kleiner als Manias Mutter. Sie war sehr dünn, und Mania fand sie wunderschön. Braune Stirnfransen hingen dicht über ihren grünen Augen, die Mania immer weich ansahen, egal, was sie sagte oder tat. Selbst wenn Kaja schimpfte, stellte sie dem Tadel immer ein »Kochanie« oder »Słodycze« voran, sodass der Tadel nie mitten ins Herz traf. Sie nannte Mania auch nicht Mania, sondern Niunia, und Mania suhlte sich in dem Klang dieses Kosenamens, weil sie selbst sich dann auch warm und weich vorkam.

»Was meinst du, Niunia? Lego Technik?« Mania schüttelte entrüstet den Kopf. Sie presste ihren Rücken fester gegen Kajas Bauch und bohrte die Nase in ihren Hals. In diesem Moment roch sie die Rosenblüten. Es war genau der gleiche Duft wie auf der Terrasse, ganz leicht und trotzdem so verführerisch, dass Mania wie automatisch danach griff. Sie fuhr mit ihrem Finger an der Ader entlang, die sich am Hals abzeichnete. Das plötzliche Bedürfnis, alles an Kaja anzufassen, nahm sie völlig ein. Etwas, das so gut roch und so weich war, musste auch unglaublich gut schmecken. Mania fuhr ihre Zunge raus und tastete sich am Hals nach oben. »Das kitzelt, Niunia.« Kaja lachte und zog die Schultern hoch, aber Mania ließ sich nicht aufhalten. Sie umfasste Kajas Kopf und fuhr ihr mit der Zunge über die Wange. »Nicht, du machst mich ja ganz nass.« Jetzt zwickten Kajas Finger sie unter den Achseln. Mania presste die Arme dicht an den Oberkörper und quietschte. »Nicht kitzeln! Nicht!« Gemeinsam rutschten sie vom Stuhl auf den Boden, der Spielzeugkatalog mit ihnen.

»Er wünscht sich eine Babypuppe«, sagte Mania und grapschte ziellos weiter an Kajas Körper herum. »Eine Babypuppe, wirklich?«

»Mhm. Die, die so Laute macht und weinen kann.«

»Aha.« Mania blätterte durch den Katalog. »So eine.« Sie zeigte auf das Bild. »Und du, Niunia?«, fragte Kaja. »Wünschst du dir auch so eine?«

»Nein.« Mania rollte sich zusammen, presste ihren Rücken gegen Kaja. »Was wünschst du dir denn?«

»Aber ich hab doch noch gar nicht Geburtstag.«

»Na und?« Mania versuchte nachzudenken. Es gab so vieles, das sie sich wünschte, aber jetzt war ihr alles entglitten. Alles war hier, wo es gut roch, und Kajas Hände auf ihrem Rücken machten diesen ganz warm. Nur, plötzlich schlich sich in diese Wärme ein Unbehagen. Es kam so unerwartet, dass Mania davon ganz überrumpelt war. Sie entzog sich der Umarmung und stand verwirrt auf. Was war geschehen? Eben war noch alles gut und jetzt nicht mehr. Eine heiße Kugel schwoll in ihrem Bauch zu einem riesigen Ball an. »Gar nichts wünsche ich mir«, schrie sie, »gar nichts!«

»Ist ja gut.« Kaja kniete vor ihr und sah sie ruhig an. In Mania bebte es. Gleich darauf begann sie zu schluchzen. Kaja streckte vorsichtig die Hand nach ihr aus, aber Mania wich zurück. »Ich hasse dich!«, schrie sie, ohne es zu begreifen. »Ich hasse dich!« Jeder Muskel in ihrem Körper hatte sich verkrampft und ließ sich nicht erweichen. Sie rang nach Luft. Da packte Kaja sie und hielt sie fest, in einer Umarmung, die sie wie Meeresrauschen einschloss und nach und nach beruhigte. Noch immer schluchzend wurde sie in Tomeks Zimmer getragen und aufs Bett gelegt. Kaja hörte nicht auf, Manias Kopf zu streicheln, bis der Sturm in ihr zu toben aufgehört hatte und eine schier unendliche Müdigkeit ihr die Augen zudrückte.

Als sie die Augen wieder aufmachte, saß Tomek neben ihr und strich ihr über den Kopf. Sie blinzelte durch die von Tränen verklebten Lider. »Es gibt Abendbrot«, sagte er, und: »Warum schläfst du hier?« Sie setzte sich auf und zog die Schultern hoch. »Ich weiß nicht.«

Mania versuchte sich zu erinnern, aber bis auf den Duft von Rosenblüten war da nichts mehr. Die letzten Sonnenstrahlen fielen durch das Fenster auf Tomek und ließen ihn aussehen wie einen Heiligen. »Eigentlich siehst du gar nicht aus wie deine Mama«, stellte Mania fest. »Du siehst mehr aus wie meine Mama.« Tomek studierte Manias Gesicht zurück.

»Meinst du«, mutmaßte er, »sie haben uns im Krankenhaus vertauscht?«

»Schon möglich, oder?«

»Aber vielleicht ist dann überhaupt wer ganz anderer deine oder meine Mama, und sie lebt auf der anderen Seite vom Teich in den grauen Betonblöcken. In dem anderen Land.«

»Nein«, entgegnete Mania bestimmt, »ich glaube, in Wirklichkeit ist deine Mama meine Mama und meine Mama deine Mama.« Tomek bohrte versonnen in der Nase. »Das heißt, wir müssen Zimmer tauschen. Du ziehst hier ein und ich bei dir.«

»Das müssen wir wohl.« Mania seufzte. »Aber was ist dann mit unseren Vätern?« Tomek holte einen Popel heraus und steckte ihn in den Mund. Mania verzog angewidert das Gesicht. »Am besten, mein Papa zieht mit zu dir und dein Papa kommt mit zu mir.«

Bevor sie sich einigen konnten, wurde nach ihnen gerufen. Es war die Stimme von Tomeks Vater, und sie klang genervt. »Gleich!«, riefen beide, ohne Anstalten zu machen, sich zu bewegen. »Wenn wir Zimmer tauschen, bekomme ich dann deine Spielsachen?«, fragte Tomek angetan. »Klar«, antwortete Mania großzügig. »Alles, was du willst.«

»Dann machen wir es.«

»Versprochen?«

»Versprochen.« Sie verschränkten zur Besiegelung die kleinen Finger und überkreuzten dabei ihre Arme zum Zeichen des absoluten Schwurs. »Essen!«, schrie Tomeks Vater. Erschrocken sprangen beide auf und liefen die Treppe hinunter.

Auch Manias Eltern saßen bei Tisch und warteten. Manias Vater sah sie streng an, während ihre Mutter auf den leeren Teller starrte. Sofort spürte Mania, dass etwas nicht in Ordnung war. Sie setzte sich. »Hunger?«, fragte Tomeks Vater und lud ihr, ohne eine Antwort abzuwarten, Kartoffelpüree, Sauce, ein Schnitzel und Erbsen auf. Sie hatte keinen Hunger, sie fragte sich, ob es an ihr lag, dass ihre Mutter so traurig aussah? Hatte sie etwas falsch gemacht? Mania durchforstete ihr Gedächtnis, aber es fand sich nichts, wofür sie sich hätte schuldig fühlen können. Tomek stocherte in seinem Kartoffelpüree, während ihm sein Vater das Schnitzel in kleine Stücke schnitt. »Niunia, soll ich dir das Schnitzel kleinschneiden?«, fragte Kaja. »Das kann sie selber«, mischte sich Manias Vater ein, »nicht wahr, Mania?« Sie nickte. »Entschuldige, Niunia. Du bist ja schon ein großes Mädchen.« Mania lächelte Tomeks Mutter verlegen an. Sie nahm Messer und Gabel und schnitt ein Stück des Schnitzels herunter. Es war zäh, und beim Kauen entdeckte sie einen Knorpel. Die Vorstellung des gallertartigen Fleischklumpens löste einen Brechreiz aus. Angestrengt kaute sie weiter und hoffte, der Brechreiz ließe sich überwinden.

»Hör zu, Mania«, setzte ihr Vater an. »Deine Großmutter ist sehr krank. Deshalb fährst du morgen mit deiner Mutter nach Warschau.« Mania verschluckte den Bissen. Jetzt war der Brechreiz nicht mehr aufzuhalten. Der Fleischklumpen landete mit einem Schuss Gallenflüssigkeit mitten im Püree und legte sich als grüner Schleim auf den hellgelben Untergrund. Danach schien alles Blut aus ihrem Kopf zu verschwinden. Tomeks Mutter hatte den Teller weggetragen und legte ein nasses Tuch in Manias Nacken. Mania sah zu ihrem Vater. »Kommt Tomek mit?«, fragte sie. Ihr Vater schüttelte den Kopf. »Dann fahr ich auch nicht.«

»Täubchen, ich muss den ganzen Tag arbeiten. Du kannst nicht alleine zu Hause bleiben.«

»Aber«, wollte sie einwenden. »Und außerdem muss sonst deine Mama ganz alleine fahren.« Mania sah zu ihrer Mutter, die schweigend ihren Teller leeraß, und ein großes Verantwortungsgefühl überkam sie. Wer sollte auf ihre Mutter aufpassen, wenn sie alleine fuhr? Was, wenn sie einen Unfall hatte? Was, wenn ihr beim Autofahren plötzlich schlecht wurde und sie sich erbrechen musste? Das konnte Mania nicht zulassen. Sie hob den Kopf und blickte ihren Vater ernst an. »Ist gut«, antwortete sie. »Ich passe auf Mama auf.«

»Erzähl! Erzähl!« Mania spielte mit dem Rosenkranz ihrer Großmutter. »Ist ja gut, Puppe. Ist gut.« Ihre Großmutter saß auf dem Bett und hielt das einzige Buch, in dem Mania sie immer lesen sah, in den Händen. Es hatte einen schwarzen Stoffeinband und ein aus Goldfaden gesticktes Kreuz darauf. Wenn ihre Großmutter nicht in ihrem Zimmer war, schlich Mania manchmal heimlich hinein und fuhr mit den Fingern über den Einband und blätterte durch die hauchzarten Seiten. Lieber hätte sie selbst gelesen. Mittlerweile konnte sie schon das Alphabet und ein Märchenbuch wusste sie auswendig, sodass sie sich vorstellte, dass sie las, während sie die Bilder ansah und vor sich hin murmelte.

»Oma!«, ermahnte Mania ihre Großmutter, die eingeschlafen zu sein schien.

»Also gut. Also gut.« Ihre Großmutter ließ die Bibel geschlossen. »Es war einmal ein großes Reich, in dem regierte ein weiser König mit dem Namen Saul.« Ihre Großmutter gähnte.

»Weiter, Oma!«

»Aber du kennst doch die Geschichte. Warum willst du immer dieselbe Geschichte?«

»Weil es meine Lieblingsgeschichte ist.« Mania zwirbelte an dem Rosenkranz. Schulterzuckend fuhr ihre Großmutter fort.

»Eines Tages bedrohte ein fremder Herrscher das Land Gottes. Der fremde Herrscher war sehr mächtig und seine Soldaten groß und furchteinflößend.« Mania hielt die Luft an, als würde sie die Geschichte zum ersten Mal hören. »Der größte und mächtigste der fremden Soldaten mit dem Namen Goliat trat vor König Saul und sprach: Wenn einer deiner Soldaten mich besiegen kann, werden ich und alle Soldaten meines Herrn deine Knechte sein.« Vor sich sah Mania einen Riesen in eiserner Rüstung mit einem mächtigen Schwert in jeder Hand.

»Und was, wenn Saul verliert?«, fragte sie entsetzt.

»Dann verliert er alles und das Reich Gottes Israel geht unter.«

»Das wäre schrecklich!« Ihre Großmutter nickte.

»Deshalb schickte König Saul Boten in sein ganzes Land: Es mögen die besten und tapfersten Krieger heraneilen, um für das Land Gottes gegen Goliat anzutreten.«

»Aber woher wussten sie, wer der beste und tapferste Krieger war?« Kurz schwieg ihre Großmutter und überlegte.

»Der würde der beste und tapferste Krieger sein, der einen Bären und einen Löwen zugleich töten konnte.« Mania schüttelte den Kopf. Das war unmöglich. »Das dachten alle und es gelang keinem. Nur ein Schafhirte trat mit Löwenkopf und Bärentatze vor Saul und sprach: ›Sieh, Herr. Dieser Löwe hatte eines meiner Lämmer bereits in seinem Rachen, ich aber entriss es ihm und hackte gleichzeitig dem Bären, der auf das Muttertier einschlug, mit der Holzaxt die Pratze ab. Ich werde gegen Goliat kämpfen und Israel retten.‹« Mania klatschte begeistert. Ein kleiner Junge mit blondem Lockenkopf, der aussah wie Tomek, stand vor dem mächtigen König und hielt stolz in der einen Hand einen Löwenkopf und in der anderen eine Bärentatze. Anmutig sah er zum Thron hinauf. In seinem Blick lag kein Zweifel darüber, dass er siegen würde. »Und so ließ König Saul David gegen Goliat antreten und legte damit das Schicksal seines Landes in die Hände eines jungen Schafhirten.«

»Aber Oma. Warum hatte David keine Angst?« Ihre Großmutter fuhr sich mit den Fingern über die Lippen und wischte den Speichel aus den Mundecken. »Weil Gott mit ihm war, Puppe.«

Gott war groß. Das wusste Mania, und wenn er auf ihrer Seite war, dann brauchte auch sie vor nichts Angst zu haben. »So wie er war, trat David vor Goliat.« Mania zog die Bettdecke bis zur Nasenspitze und hielt sich an ihr fest. »Goliat holte mit seinem Schwert nach David aus, aber noch bevor er diesen treffen konnte, hatte David seine Steinschleuder gespannt und traf Goliat direkt zwischen den Augen. Tief sank der Stein in Goliats Stirn. Er fiel zu Boden und David schlug ihm mit seinem eigenen Schwert den Kopf ab.« Ohne zu zögern, dachte Mania. Ohne zu zögern, hatte David die Steinschleuder gespannt und beim ersten Versuch getroffen. Der Riese war zusammengebrochen, weil David ihn dort getroffen hatte, wo Goliat verletzlich war. Dort, wo er keine Rüstung trug. Mania massierte die Stelle zwischen ihren Augenbrauen. »So rettete David Israel und wurde dafür von König Saul reich beschenkt.« Dieser Teil interessierte Mania nicht mehr. Sie legte sich auf die Seite und schloss die Augen. »Hast du denn schon gebetet, Puppe?«, fragte ihre Großmutter, und Mania nickte. Sie legte den Rosenkranz auf das Nachtkästchen. »Wenn ich groß bin, Oma, dann werde ich wie David.«

»Natürlich, Puppe. Schlaf jetzt.« Sie machte das Licht aus und verließ das Kinderzimmer. Das letzte Bild, bevor Mania einschlief, war das von David, der aussah wie Tomek, der sich anfühlte wie sie.

Erster Teil

1.

Mania starrte auf den Bildschirm des Smartphones, ohne entscheiden zu können, was sie mit Tomeks Bericht anfangen sollte. Schließlich wischte sie ihn weg und steckte das Gerät zurück in den Rucksack. Dann zog sie die Akte von Roland K. aus dem Schrank.

Sie hatte ihren Überstundenausgleich kurzfristig eingereicht, also würde Sobowitz jeden Moment anrufen. Die Telefone in der Justizvollzugsanstalt Moabit hatten einen quengelig schrillen Ton, und auch nach drei Jahren fuhr Mania wie immer beim ersten Klirren zusammen.

»Was soll denn das?«, raunzte Sobowitz in die Leitung. Sie hörte im Hintergrund Geraschel, Piepen und Stimmen, die sich über Gartengeräte unterhielten.

Einige Sekunden überlegte sie, ob sie ihm die Situation erklären sollte: Dass sie, gerade als sie dabei gewesen war, die JVA zu verlassen, ihr Smartphone aus dem Kästchen geholt und eine Sprachnachricht von Zahit darauf vorgefunden hatte. Zahit rief nie an. Gab es etwas zu besprechen, meldete sich Tomek bei ihr. Noch ohne sich die Nachricht angehört zu haben, war sie verbotenerweise mit dem Smartphone in ihr Büro zurückgelaufen und hatte Zahit zurückgerufen.

»Es liegen ein paar Zettel auf dem Tisch. Keine Ahnung, was darauf steht! Keine Adresse! keine Nummer!«, brüllte Zahit.

Gleich darauf versuchte er, vorzulesen, und scheiterte dabei an seinem Deutsch. »Es tut mir leid«, schluchzte er.

»Fotografier die Zettel und schick sie mir«, befahl Mania. »Ich nehme den nächsten Zug.«

»Zug? Wieso Zug?!«, hörte sie die Ausläufer seiner Stimme.

Sie stellte sich vor, dass Sobowitz im Baumarkt stand und wartete, das Smartphone ans Ohr gepresst, als wäre es ein Telefonhörer aus dem zwanzigsten Jahrhundert. Dann warf sie die Akte, die sie in der Hand hielt, in die Luft. Wenn das Deckblatt mit dem Foto von Roland K. beim Aufprall herausrutschte, würde sie ihm die Wahrheit sagen. So war Mania. Die Mappe knallte auf den Boden. »Was machen Sie denn da?«, fragte Sobowitz gereizt. »Es handelt sich um eine persönliche Angelegenheit«, antwortete Mania wahrheitsgemäß und ergänzte: »Mein Bruder wurde als vermisst gemeldet.« Die halbe Wahrheit für ein halbes Foto.

»Ach. Das tut mir leid«, stammelte Sobowitz. »Ich wusste nicht, dass Sie einen Bruder ...«

»Genau. Ich hoffe, er taucht bald wieder auf.«

»Ja, natürlich. Das hoffe ich auch.« Sie schob die herausgerutschten Blätter in die Aktenmappe und betrachtete für einen Moment das Foto des Insassen Roland K., den sie drei Jahre lang therapeutisch begleitet hatte. Plötzlich begriff sie, dass sie nicht mehr zurückkommen würde.

»Wissen Sie. Eines der Gutachten eilt. Könnten Sie? Wie lange?«

»Weiß ich noch nicht«, ließ Mania Sobowitz zappeln und steckte die Akte ein. Der Senator, Sobowitz' Vorgesetzter, wurde ungeduldig, sobald er unter Rechtfertigungsdruck vor der Presse geriet. »Stellen Sie sich vor, ich hätte Kinder und die wären jetzt krank.« Sobowitz schwieg. Er hatte selbst zwei Kinder, Junge und Mädchen, fein säuberlich ein Jahr voneinander getrennt. »Ich nehme die Akte mit und schicke Ihnen das Gutachten per Mail«, log sie.

»Danke«, sagte Sobowitz gedämpft und schien vergessen zu haben, dass es verboten war, Akten von Inhaftierten aus der JVA mitzunehmen. »Viel Glück«, presste er hinterher.

Als sie auflegte, das Büro ein letztes Mal begutachtete, erinnerte sie sich an eine der Gruppentherapiesitzungen zu Beginn ihrer Arbeitszeit.

Zehn Männer und sie waren um einen runden Tisch gesessen. Es war Sommer und schwül, die Fenster standen offen, sodass vom Innenhof die Stimmen aus den Zellen, deren Fenster ebenfalls geöffnet waren, in den Therapieraum drangen und die ohnehin unsichere Grundstimmung verstärkten. Zum ersten Mal war sie mit den Inhaftierten ganz alleine. Das hausinterne Walkie-Talkie – wie sie es nannte – lag auf dem Tisch, der rote Knopf, den sie in Notfällen drücken konnte, beobachtete sie. Weil sie neu war, war sie für gewöhnlich sehr wachsam.

Plötzlich erkannte sie in den Augen des ihr gegenübersitzenden Gerhard O., dass hinter ihr Gefahr drohen musste. Seinem Blick folgend, drehte sie sich um, legte den Kopf leicht in den Nacken und sah in das leere Gesicht von Roland K., der hinter ihr stand.

Vor ihr war der Tisch, hinter ihr und Roland K. die Fensterwand, rechts neben ihr saß Sebastian S.

Aus der Gruppe erwartete sie keine Hilfe. Bevor sie den Knopf drücken könnte, hätte Roland K. alle Zeit, die er brauchte, um ihren Kopf zu packen und gegen die Tischplatte zu donnern. Also machte sie sich innerlich leer, setzte seiner Leere die ihre entgegen. Einige Sekunden später kehrte Bewusstsein in seine Augen zurück.

»Seien Sie jetzt bitte so freundlich und setzen sich«, sagte sie ruhig. Keiner sah sie an und sie fuhr mit der Sitzung fort.

Auf dem Weg zum Bahnhof rief sie in jedem Krankenhaus in Wien und Umgebung an und versuchte dabei, nicht an Kaja zu denken. »Wir werden Tomek finden«, beruhigte sie Zahit, der sie alle zwei Minuten mit einem weiteren Detail anrief.

»Aber er hat Sue hiergelassen!«

»Alles wird gut«, antwortete sie halb abwesend, wischte ihn weg und buchte ihr Ticket.

Zufrieden stellte sie fest, dass vor dem Liegewagenabteil für Frauen nur *ihr* Reservierungskärtchen steckte. Von draußen drang rosiges Abendlicht hinein. Trotzdem zog sie die Vorhänge zu und las den Brief, die Geschichte, den Bericht, was auch immer Tomek da zurückgelassen und Zahit ihr geschickt hatte, noch einmal. Tomek hatte ihr nie von einer Marina erzählt.

Heute ist der 27. Juni 2016. Eben schlugen die Kirchenglocken vier Mal, es ist 16 Uhr. Ich werde alles so genau aufschreiben wie möglich, auch wenn ich glaube, dass dies nicht sehr wichtig ist.

Ich verfasse diese Niederschrift nicht auf eine Vollständigkeit hin, aber ich schreibe unter enormem Zeitdruck.

Vor genau einem Jahr habe ich etwas versprochen, weswegen es mir heute widerstrebt, zu gehen. Hinzu kommt, dass es draußen heftig stürmt und ich Angst vor Wind habe. Es ist banal, aber es ist so. Der Wind erschwert es mir zusätzlich, mich auf den Weg zu machen. Vor meinem Küchenfenster steht eine Birke. Wenn der Wind sie um 45 Grad nach unten drückt, sage ich alle Termine ab, gehe nicht zur Arbeit und warte. Solange ich drinnen bleibe, kann mich die Angst nicht packen, aber sobald ich die Wohnungstür aufschließe, werden meine Ohren taub. Im Hausflur zittern meine Knie, und bis zum Haustor schaffe ich es nur selten. Auch der Hund, der mit mir die Wohnung teilt, muss sich an diesen Tagen gedulden und seine Notdurft zurückhalten. Das macht er, ohne sich zu beklagen. Wir teilen ein Erlebnis, das uns beide gelehrt hat, den Wind zu fürchten. Bei diesem Erlebnis lernte ich Marina kennen, eine sehr dünne und sehr kleine Frau, die gerne Kaffee trinkt und die Großstadt schlecht verträgt. Mit Marina sollte eigentlich meine Niederschrift beginnen, denn wäre nicht ihre Traurigkeit und unsere gemeinsame Liebe zu Filmen und Büchern, säße ich jetzt nicht an meinem Schreibtisch. Wahrscheinlich wäre ich heute ein ganz anderer Mensch.

Den Sturm hatten sie damals im Radio angesagt, mit Böen bis zu 120 Stundenkilometer. Ich wusste nicht, wie ich mir 120 Stundenkilometer in Form von Wind vorzustellen hatte.

Es war Sonntag, ich wollte Zeitungen holen, und der Hund bat mich mit der Leine im Maul um einen Spaziergang. Als ich sah, wie die Ampel an dem Drahtseil immer stärker schaukelte, es Dachplatten von einer Lagerhalle riss und diese zehn Meter weiter auf dem Boden zerschmetterten, bekam ich einen Eindruck von der Windstärke und meiner Ohnmacht. Ich wollte schnell zurück in meine Wohnung. Ich lief und hörte hinter mir einen Schrei. Ich bin mir sicher, dass ich zögerte, aber dann drehte ich mich doch um und sah, wie Marinas Beine für kurze Zeit über dem Boden schwebten. Sie wirkte darüber mehr verblüfft als panisch, aber Angst lag auch in ihrem Gesichtsausdruck. Das muss mich dazu bewogen haben, meine eigene Furcht hintanzustellen, Marina am Jackenkragen zu fassen und über die Straße in den nächstgelegenen Hauseingang zu zerren.

Wenn ich an den Tag zurückdenke, erinnere ich mich, wie meine Knie gezittert haben, an Marinas Tränen und daran, dass ich gegen den Impuls ankämpfen musste, nur mich und den Hund in Sicherheit zu bringen, und nicht einmal, was den Hund angeht, kann ich mit Gewissheit behaupten, dass ich nicht in einem Moment in Erwägung zog, die Leine loszulassen.

Später erzählte Marina wiederholt, ich hätte ihr an diesem Tag das Leben gerettet. Ich denke, das ist sehr übertrieben. Aber es schien ihr darum zu gehen, mich vor anderen als Helden aufzubauen, weil dankbar, das spürte ich, dankbar war sie mir nicht.

Den restlichen Tag des Sturmes verbrachten wir gemeinsam in meiner Wohnung, und danach verabredeten wir uns immer wieder. Als hätte der Wind ein Band zwischen uns geknüpft, fühlte ich mich für den weiteren Verlauf ihres Lebens auf seltsame Weise verantwortlich, und kann mir das nur erklären, indem ich es mit der Verbindung zwischen mir und meinem Hund vergleiche.

Als ich den Hund mit in meine Wohnung nahm, ihn fütterte, ihm einen Wassernapf hinstellte und eine Decke auf meinen Fußboden legte, gab ich dem Hund das Recht, zu bleiben, so lange er wollte. Ich durfte ihm sein Zuhause nicht wieder entziehen. Wo ich lebte, musste auch immer Platz für sein Leben sein. Ich weiß nicht, woher sie kamen, aber so waren die Regeln.

In dem Moment, in dem ich Marina dem Wind entzog und in meine Wohnung brachte, willigte ich ein, mein Leben nicht mehr unabhängig von ihrem zu führen. Es ist mir nicht möglich, die Zusammenhänge anders zu denken.

Marina und ich sprachen oft über Filme, die ich gesehen, und Bücher, die sie gelesen hatte. Ein Buch, das sie in Abständen immer wieder las, war »Die unendliche Geschichte«, während es zu meinen Ritualen gehörte, mir einmal im Jahr die alte »Star-Wars-Trilogie« anzusehen. Beides machten wir, seit wir einander kannten, gemeinsam. Wir nahmen den Hund auf lange Spaziergänge. Manchmal übernachtete Marina danach bei mir, so war es bequemer, und ich fand schnell heraus, dass sie alleine nur schlecht einschlafen konnte. Dass es ihr oft nächtelang überhaupt nicht gelang.

Müsste ich mich selbst beschreiben, würde ich von mir als einer positiven und verantwortungsbewussten Person sprechen. Ich gehe zwei Mal die Woche joggen, ich verbringe gerne Zeit mit anderen, ich verfolge meine Arbeit mit Ehrgeiz, um mir und dem Hund einen angemessenen Lebensstandard zu sichern, und ich lasse einmal im Jahr bei einer Gesundenuntersuchung meine Blut- und Urinwerte prüfen. Auch was den Hund betrifft, achte ich auf seine Ernährung, seine Impfungen und einen regelmäßigen, seiner Statur und seinem Alter angemessenen Auslauf.

Marina hingegen hatte zwar ihr Studium abgeschlossen, sogar den Grad eines Doktors erlangt, behielt aber trotzdem keine Anstellung länger als sechs Monate. Zu viele Menschen, Tiere, Angelegenheiten drängten sich zwischen sie und ihre Arbeit, und obwohl Marina häufig lachte, auch selber gerne scherzte, mit ihren Anekdoten ganze Abendrunden unterhielt, muss ich ihren mir vertrautesten Gemütszustand als trüb beschreiben.

Ich wurde sehr bald, nachdem wir einander begegnet waren, das Bild nicht mehr los, es läge ein Schatten auf ihr, der manchmal mehr, manchmal weniger von ihr verdeckte. Es beunruhigte mich, und ich erzählte ihr davon. Sie hörte mir zu, war erst sehr still und meinte dann, ich sei nicht der Erste, der ihr das sage, aber sie sehe keinen Weg, den Schatten loszuwerden. Er gehöre zu ihr so wie mein Hund zu mir. Kurze Zeit später zog sie in einen anderen Stadtteil.

Danach sahen wir einander seltener, aber sie übernachtete häufiger als früher bei mir. In der Nacht lag sie in meinem Arm, ihr Körper war anfangs immer sehr steif und ich hielt sie fest, bis sich ihre Muskeln entspannten und ihr Atem gleichmäßig und ruhig wurde. Selber wachte ich in diesen Nächten häufig von Albträumen geplagt auf. Meine Schreie weckten Marina. Was denn los sei, fragte sie schlaftrunken, aber ich sah davon ab, ihr von den Träumen zu erzählen, aus Angst, sie könnte sich schuldig fühlen.

In der Zeit, in der Marinas Traurigkeit tiefer war denn je, der Schatten groß und meine Albträume sehr düster, schrieb ich an einer wichtigen Reportage. Die frühen Morgenstunden zählten zu meinen produktivsten Arbeitsphasen, weshalb mein Vorankommen unter den Nächten litt, in denen Marina bei mir schlief. Also bat ich sie, bis zur Fertigstellung meiner Arbeit nicht mehr bei mir zu übernachten, zog diese Bitte aber wenige Stunden, nachdem ich sie geäußert hatte, telefonisch wieder zurück.

Es sind bereits zwei Stunden vergangen, seit ich an meinem Schreibtisch sitze und schreibe. Die Kirchenglocken schlugen eben 18 Uhr. Der Wind hat sich gelegt. Die dünne Birke steht gerade, einige Zweige hat sie verloren. Vor mehr als zwei Stunden erreichte mich Marinas SMS. Sie schrieb, ich solle jetzt kommen. Dass ich ihr vor einem Jahr etwas versprochen, ob ich das vergessen hätte. Mit dem Versprechen hat sie recht. Aber es ist mir schier unmöglich, mich von diesem Stuhl zu erheben. Im Kopf zähle ich die Meter, die es bis zu Marinas Wohnung zurückzulegen gilt, und rechne sie in Minuten um. Dreißig Minuten würde ich mit dem Fahrrad brauchen, sechzig, nähme ich Bus, Metro und Straßenbahn. Mit jedem Meter, den ich mich zu ihr hinbewege, verkürze ich ihre Lebenszeit. Wahrscheinlich werde ich zu Fuß gehen.

Vor einem Jahr und einem Monat war Marinas Schatten so groß, dass ich sie kaum noch erkannte. Eines Morgens, nachdem sie bei mir übernachtet hatte, schaffte sie es nicht mehr, das Bett zu verlassen. Sie lag da und weinte, und wenn ich sie fragte, warum sie denn weine, antwortete sie, sie wisse es nicht, aber sie könne nicht aufhören, und dass sie sterben wolle. Sie meinte auch, die Menschen nutzten sie nur aus. Die Tiere ebenso, aber denen könne sie es nicht übel nehmen. Und ich nutzte sie auch aus, und sie habe für all das keine Kraft mehr. Jetzt hallen ihre Sätze in mir nach.

Damals wollte ich all das nicht hören. Es sei eine Krankheit, erklärte ich mir, und brachte Eiscreme und Chips und Filme und Bücher nach Hause, ließ den Hund tagsüber zu ihr ins Bett, stellte sie alle zwei Tage unter die Dusche und zwang sie nach einer Woche dazu, wenigstens in der Wohnung mit mir auf und ab zu gehen. Erst dachte ich, dass es vorübergehen würde wie eine Grippe. Nach zwei Wochen lud ich eine befreundete Psychiaterin zum Abendessen ein. Sie verschrieb Marina Antidepressiva.

Nachdem die Ärztin gegangen war, saß Marina zurückgezogen in einer Ecke des Bettes und sah mich an, als wäre ich ihr schlimmster Feind. Ich holte »Die unendliche Geschichte« aus dem Regal und las ihr die Passage über die Sümpfe der Traurigkeit vor, beschwor sie, nicht aufzugeben, flehte sie an, es mit den Tabletten um meinetwillen zu versuchen. Wenn sie sprach, dann nur über den Tod.

Nach drei Wochen war sie dünn und sehr bleich. Essen, das ich ihr zubereitete, nahm sie nur spärlich zu sich, und ich hegte den Verdacht, dass sie es ohnehin nur mir zuliebe anrührte. Ich wusste, dass ich nicht die Kraft haben würde, ihr länger dabei zuzusehen. Zugleich fürchtete ich, dass der Schatten sich ausdehnen und auf mich überspringen könnte.

Heute denke ich, dass ich ihr und dem Schatten bereits am Tag unserer ersten Begegnung verfallen war. Dass sie mich damals schon überzeugt hatte. Ich erinnere mich an ihren Gesichtsausdruck, an diese verzerrte Mischung aus Todesangst und Gleichgültigkeit, und wie er sich als eine tiefe Wahrheit in mein Bewusstsein brannte: dass genau daraus das ganze Leben bestand. Aus dem Kampf, sich selbst überzeugend genug zu belügen, die Glückshormone an die Oberfläche zu kitzeln, wenn nötig, chemisch nachzuhelfen und jedem Jahr ein weiteres und noch eines folgen zu lassen. Der Unterschied zwischen Marina und mir bestand nur darin, dass sie die Wahrheit schon ihr ganzes Leben kannte. Die Wahrheit war der Schatten, und ich hatte ihn weit fortgesperrt.

Vor einem Jahr kaufte ich einen teuren Riesling, schälte Kartoffeln und Spargel, bereitete eine Sauce hollandaise zu, deckte den Küchentisch, stellte Kerzen auf, trug Marina unter die Dusche, wusch ihr Haar, föhnte und kämmte es, kleidete sie an und setzte sie auf einen gepolsterten Stuhl an den Küchentisch. Ich schenkte uns Wein ein und lud ihren Teller voll mit Essen. Sie machte keine Anstalten, etwas zu sich zu nehmen. Schließlich zündete ich mir eine Zigarette an und unterbreitete ihr meinen Vorschlag. Ich bat sie eindringlich, auf mich zu hören und mir zu vertrauen.

Die Tabletten?, fragte sie und die Verachtung in ihrer Stimme verletzte mich. Ich bat sie, es ein Jahr lang auf meine Weise zu versuchen. Dabei gehe es nicht nur um die Tabletten, es sei ein ganzheitlicher Ansatz mit Trainingsprogramm und Spaziergängen. Ich würde für sie kochen, sie würde bei mir wohnen, wir fänden gemeinsam eine Arbeit für sie, die ihr gefallen würde. Plötzlich lachte Marina auf, wurde gleich wieder ernst und fragte, was nach dem Jahr sei. Was dann sei, wenn sie all das befolgt habe, was ich vorschlug, und sich trotzdem nichts geändert hätte? Ich dachte lange darüber nach, aber mir fiel nichts ein. Ob sie dann endlich sterben dürfe und ob ich ihr dabei helfen würde, fügte sie hinzu, als von mir keine Antwort mehr zu erwarten war. Ich nickte schließlich und wir stießen darauf an.

Eigentlich lebte ich im letzten Jahr in der Überzeugung, Marinas Zustand verbessere sich stetig. Sie nahm die Tabletten, wir gingen gemeinsam joggen und sie aß beinahe gleich große Portionen wie ich. Sie sprach in dem Jahr nicht mehr über den Tod. Der Schatten verschwand nicht, aber sie schien glücklich. Es war eine gute Zeit. Wie lächerlich und verlogen sich diese Zeilen lesen. Vielleicht wollte ich es so sehen. Jetzt werde ich zu ihr fahren. Den Hund nehme ich nicht mit. Ich bin kein schlechter Mensch. Daran halte ich fest.

Es musste noch mehr davon geben. Seit Kajas Tod hatte Tomek alles aufgeschrieben. Ein Leben als Reportage. Das hatte einen erstklassigen Journalisten aus ihm gemacht. Er war so gut, dass man ihm schon nach kurzer Zeit eine fixe Stelle als Redakteur angeboten hatte.

Sie konnte sich nicht vorstellen, dass es diese Marina tatsächlich gab und Tomek nichts von ihr erzählt hatte. Dass er einen derart absurden Pakt mit ihr geschlossen haben sollte. Das konnte einfach nicht sein. Von der Windangst hörte sie auch zum ersten Mal. Einzig die Tatsache, dass er die Hündin zurückgelassen hatte, durchkreuzte ihre Analyse, denn das war für sie real und passte nicht zu Tomek.

Sie schlug die Augen auf, als der Zug in St. Pölten einfuhr. Widerwillig ließ sie sich vom Schaffner einen Kaffee bringen, obwohl ihr schon die Vorstellung den Appetit verdarb. Das Display ihres Smartphones quoll vor Nachrichten über, darunter auch einige von Sobowitz, der sich wohl an die Akte erinnert hatte und an den Ärger, der ihm bevorstand, wenn herauskam, dass sie fehlte. Mania löschte seine Nachrichten, ohne sie zu lesen.

Zehn Telegram-Nachrichten von Franziska und zwei verpasste Anrufe von ihrer Mutter, die wahrscheinlich zusammengehörten. Irgendwann musste Franziska Manias Mutter angerufen, sich nach Manias Verbleib erkundigt und über die ausstehende Beantwortung ihrer Nachrichten beschwert haben. Kurz ärgerte sie sich, dass sie Franziska in einem schwachen Moment die Nummer ihrer Mutter gegeben hatte. Sie löschte die Nachrichten und behielt einen verpassten Anruf ihrer Mutter als Erinnerung für später, wenn sie sich eine glaubhafte Ausrede zurechtgelegt hätte. Ihre Mutter tendierte dazu, Manias Lügen sehr schnell zu entlarven.

Zwanzig verpasste Anrufe von Zahit, aber keine Sprachnachricht. Tomek war nicht wieder aufgetaucht. Sie schickte

Zahit eine SMS mit der Ankunftszeit des Zuges in Wien. Den letzten Schluck Kaffee nahm sie auf die Toilette mit und zündete sich eine Zigarette an.

Mania beugte sich zu Sue hinunter und umarmte die Hündin. Danach begrüßte sie Zahit, der aussah, als käme er vom Schlachtfeld in Rojava.

Zum letzten Mal hatte sie ihn vor einem Jahr gesehen. 2015. Damals hatte sie Zahit zu Tomek gebracht. Das schien ihr jetzt sehr fern.

Zahit übernahm kommentarlos ihren Rollkoffer, zog ihn hinter sich her, und sie folgte ihm, dabei die Gegend nach Veränderungen absuchend.

Als sie aus Wien wegzog, war der Hauptbahnhof noch eine Baustelle gewesen, und alle Anrainerinnen und Anrainer waren an den Sommerabenden mit ihren Kindern an den Rändern der großen Grube gestanden, die bei den Vätern und ihren Töchtern und Söhnen unweigerlich den Gedanken an Lego-Technik hervorrief – bei den Vätern, die ursprünglich Ingenieure gewesen waren und hier in Österreich als Putzkräfte arbeiteten, und den Töchtern und Söhnen, die es einmal besser haben sollten, um die Träume ihrer Väter zu verwirklichen. Den Vätern und Töchtern, denen vorerst nur Lego-Technik blieb, das sie auf Flohmärkten in den Außenbezirken ersteigerten, und die Baustelle des zukünftigen Hauptbahnhofs. Bei dem Gedanken lachte sie auf, worauf Sue interessiert zu ihr hochsah.

Der zehnte Wiener Gemeindebezirk war einer der Migrantenbezirke der Stadt. In Favoriten dampfte das Kopfsteinpflaster in der Fußgängerzone schon am Morgen die unerfüllten Träume und Sehnsüchte aus. Es stank nach Leben, Hundepisse und Bier. Mania verdrehte die Augen. Früher hatte sie den Geruch gemocht, aber heute versuchte sie nur noch, ihn mit Zigarettenrauch zu verscheuchen.

Durch die obere Fensterreihe des Schlaf- und Wohnzimmers drang ein breiter Balken grelles Licht. Der Rest des Fensters war mit auseinandergeschnittenem Karton abgedunkelt. Er musste zu dem Schrank in der Ecke gehört haben, den es vor einem Jahr noch nicht gegeben hatte.

Obwohl Tomek bereits seit drei Jahren hier wohnte, waren alle Kleidungsstücke lange Zeit in Umzugskisten verteilt gewesen. Mania schmunzelte. Sie sah Tomek vor sich, wie er umständlich den Karton mit der einen Hand gegen die Fensterscheibe presste und mit der anderen das Klebeband an Karton und Fensterrahmen befestigte. Es hatte sicher mehrerer Anläufe bedurft, bei denen Tomek geflucht und zwischenzeitlich aufgegeben hatte. Die Kartonoberfläche wies einige Schrammen auf.

Die oberste Fensterreihe, die er aus Ermangelung einer Leiter nicht hatte erreichen können, fand er im Nachhinein sicher sehr praktisch. Als hätte er es sich ausgedacht. Mania sah ins Sonnenlicht und blinzelte. Aber letztlich glaubte sie nicht, dass er die Fenster für sich selbst verdunkelt hatte.

»Was steht denn da?«, fragte Zahit ungeduldig, zeigte auf die Zettel, die er für sie abfotografiert hatte. »Kannst du es vorlesen?«

»Klar«, antwortete sie freundlich und langte nach den Blättern auf dem Schreibtisch. »Reicht es dir, wenn ich auf Deutsch lese, oder soll ich ins Englische übersetzen?«

»Deutsch ist okay. Nur lesen geht noch nicht«, dabei drehte er sich weg.

»Diese Marina?«, fragte Mania, als sie fertig war. »Existiert sie?« Zahit nickte verwundert. »Eine sehr schöne Frau«, fügte er hinzu. Mania zuckte, als hätte man sie nach etwas gefragt, worauf sie keine Antwort wusste. Sie ließ das letzte Blatt auf den Tisch gleiten. Er war aus Eichenholz, dunkel, mit Schnitzereien an den Seiten, eine Antiquität, die wie Nzinga von Matamba, eine afrikanische Königin, in einem weißen Slum wirkte. Es war Kajas Zeichentisch gewesen, das Einzige, was Tomek nach Kajas Verschwinden und auch später, nachdem man ihre Leiche gefunden hatte, behielt.

Wie klein sie beide damals gewesen waren. Zehn Jahre alt, als es Kaja von einem Tag auf den anderen nicht mehr in ihren Leben gab.

Sie kniete sich vor den Tisch und fuhr mit den Fingern über die Schnitzereien, Elefantenköpfe, die sich bis heute in Manias Träume drängten.

»G-E-S-T-O-RRR-B-E-N.« Sie rollte das R, wie es im Polnischen üblich war und im Deutschen ihre Herkunft verraten würde. »Gestorben.« Sie rollte das R so, wie Tomek es rollte.

Auch wenn sie beide bereits in Österreich geboren wurden, hatte Tomek das polnische R im Deutschen behalten – und Mania nicht. Das konnte sie sich bis heute nicht erklären.

»Einmal habe ich sie getroffen«, erzählte Zahit. »Gemeinsam mit Tomek. Wir sind Pizza essen gewesen.«

»Pizza?«, fragte Mania erstaunt. Tomek mochte keine Pizza.

»Ja. Tomek war sehr ruhig, sagte kaum etwas. Ließ Marina für ihn bestellen.« Sie registrierte die dezente Verachtung in Zahits Stimme.

»Glaubst du«, Mania tippte auf das Papier, »dass es stimmt?«

»Der geplante Suizid?«

»Hat er dir von dieser Vereinbarung erzählt?«

»Nein.«

»Tomek würde alles tun, um einen Suizid zu verhindern. Seine Mutter hat sich umgebracht«, ergänzte Mania.

Zahit sah zu Boden. »Wenn wir uns getroffen haben, dann meistens bei mir. Er hat oft dort gearbeitet, sagte, er könne sich bei mir besser konzentrieren.« Die Mimik war ungelenk. Er hatte seine Gesichtszüge nicht unter Kontrolle. Das fand sie interessant. Es war ihr vor einem Jahr nicht aufgefallen.

Einige ihrer Patienten hatten ähnliche Symptome. Ohnehin war wahrscheinlich, dass er an einer posttraumatischen Belastungsstörung litt.

»Das hilft uns nicht weiter«, stellte Mania fest.

»Nein«, stimmte er zu.

»Warum hast du ihn nicht als vermisst gemeldet?«

»Ich geh nicht zu den Bullen«, antwortete er und sah ihr dabei nicht in die Augen.

Draußen funkelten die grünen Birkenblätter. Der schlechte Kaffee und die Zigaretten quälten Manias Magen. Marina. Sie schrieb den Namen auf ein Blatt Papier. Ohne das R ergaben die Buchstaben Mania. Für einen Moment wurde ihr kalt, dann knüllte sie das Blatt zusammen.

Gemeinsam mit anderen hatte sie 2015 syrische Geflüchtete von Mazedonien nach Österreich und weiter nach Deutschland gefahren. So war sie Zahit begegnet und hatte ihn auf ihrer letzten Tour bei Tomek abgeladen.

»Er möchte in Wien bleiben. Kümmerst du dich?« Mitten in der Nacht hatte sie bei Tomek geklingelt, war todmüde mit Zahit in Tomeks Wohnung gestanden. Die Nächte davor war sie tausende Kilometer durchgefahren. Bilder von wartenden Frauen, hungrigen Kindern und starr immer weiter vor sich her laufenden Männern stauten sich in ihrem Kopf. »Morgen muss ich zurück nach Berlin. Kümmerst du dich?«

Tomek nickte, nahm sie in den Arm und hielt sie, bis sich Mania abrupt losriss, weil sie spürte, wie die Geborgenheit drohte, ihr die Stärke zu rauben, den Mut zu nehmen, morgen früh mit einem Auto voller Fremder über eine weitere Grenze zu fahren.

Zahit setzte sich. »Besser nicht zur Polizei«, stellte er nochmals klar und Mania nickte.

»Wir brauchen einen Plan«, sagte sie.

»Einen Plan?«

»Solange wir nicht wissen, dass er tot ist, gehen wir davon aus, dass er lebt. Wir gehen davon aus, dass beide noch leben.«

»Okay.«

»Wir müssen suchen. Wir überprüfen jede Erinnerung, jede Mail, jede SMS aus dem letzten Jahr. Wir durchsuchen die Wohnung.«

Zahit hörte nicht mehr auf zu nicken.

»Wir finden die beiden!«, überzeugte sich Mania selbst. Dann wurde sie schlagartig müde. Sie hörte noch, wie Zahit sagte, sie solle sich ins Bett legen, aber da hatte sie den Kopf wie in ihrer Kindheit bereits auf die Unterarme gebettet. »Nur 15 Minuten«, murmelte sie, verwundert darüber, dass diese alte und überwunden geglaubte Krankheit sie jetzt einholte.

Obwohl sie wusste, dass sie schlief, sah sie sich selbst in Tomeks Wohnung auf dem Stuhl sitzen, Hände und Kopf auf dem Tisch. Das Sonnenlicht war aus dem Raum verschwunden. Sonst war alles gleich. Zahit saß ihr gegenüber und schlief ebenfalls. Es war Nacht. Trotzdem breitete sich in dem dunklen Raum noch eine andere Dunkelheit aus. Von den Fenstern kroch sie langsam, aber beständig in ihre Richtung. Mania merkte, wie Furcht in ihr hochstieg. Sie wollte aufstehen und weglaufen, was nicht ging, weil sie schlief, und das wusste sie. Sie sah zu, wie die Dunkelheit immer näher kam, bis das Schwarz ihr Gesicht berührte. Sie schrak auf und glaubte, nun wach zu sein, aber es war immer noch Nacht.

2.

Am Boden waren Holzdielen, trotzdem froren Manias Füße. Sie hörte nicht auf, durch das Zimmer zu laufen, kreuz und quer um den schlafenden Zahit herum, sprang neben ihm hoch, ohne dass er sich regte. Etwas piekte sie. Reflexhaft hob sie das Bein und hielt den Fuß fest. Sie hatte sich einen Schiefer eingetreten und sah verwundert nach unten: zwei Dielen, die nicht ineinandergriffen, sodass sich ein kleiner Spalt ergab. Humpelnd holte Mania aus der Küche ein Messer und schabte damit in dem Spalt. Sie hebelte das kürzere Holzbrett heraus, darunter lag in einer durchsichtigen Plastikhülle ein Elefant aus Stein, der auf ein Mahagoni-Holzbrett montiert war. Etwas war in die Unterseite des Brettes geritzt. Angestrengt versuchte sie, es in der Dunkelheit zu entziffern. Sie erinnerte sich, dass behauptet wurde, man könne im Traum nicht lesen. Das spornte sie an, aber sie scheiterte. Frustriert zog sie sich stattdessen den Schiefer aus dem Fuß. Das kleine Stückchen Holz lag vor ihr, bewegte sich, verwandelte sich, wurde größer, verfärbte sich, bis ein kleines rotes Äffchen daraus geworden war und vor ihr herumsprang. »Wer bist du?«, fragte Mania interessiert.

»Ein roter Affe.«

»Das sehe ich.«

»Warum fragst du dann?«

Ein lautes Bellen löste den Traum auf. Verwirrt sah Mania sich um. Sue saß neben ihr auf dem Boden, und Zahit blinzelte sie halb schlafend vom Esstisch aus an. Es war Tag. Vor der Hündin lag ihre Leine. »Ich gehe kurz mit ihr raus«, sagte sie mehr zu sich selbst als zu Zahit, aber dieser schloss daraufhin wieder beruhigt die Augen.

Eine heiße Sommersonne schlug ihr vor dem Haustor ins Gesicht. Sue lief voraus. Als sie vor der eingezäunten Hundezone standen, zögerten beide. Es roch nach frischem Hundekot. Sue scharrte widerwillig mit den Vorderpfoten auf dem Boden und gab Mania zu verstehen, dass sie unter keinen Umständen gedachte, auf diesem stinkenden Stück Erde ihre Notdurft zu verrichten. »Ja«, antwortete Mania. »Würde ich auch nicht. Komm, wir fahren die zwei Stationen zum Wienerberg.« Die Hündin wedelte mit dem Schwanz.

Das Smartphone zeigte 15 Uhr, eine unübersichtliche Anzahl von SMS, Telegram- und Signal-Nachrichten verbrauchten den übrigen Screenplatz. Sie löschte eine nach der anderen, bis auf zwei, die von einer unbekannten Nummer geschickt worden waren und sie zu einem geheimen Telegram-Chat einluden. Ruth, natürlich, dachte sie. Erleichtert öffnete sie den Chat.

»Du bist in Wien? Wie kommt es? Sehen wir uns?«, und »Soll ich die Einträge löschen?« Die Wolken über dem Wienerberg hingen so tief, dass ihr vorkam, als würde der Himmel gleich aufbrechen, und sie merkte verwundert, dass sie Angst hatte. Sie hatte tatsächlich Angst. »Melde mich später«, schrieb sie zurück, und: »Ja.« Dann schaltete sie geistesabwesend das Smartphone auf lautlos.

Zielstrebig galoppierte Sue den Hügel hinunter, dem Wasser entgegen. Mania hatte es früher vor dem Wienerbergsee geekelt. Aber heute, als sie Sue zur Mitte schwimmen sah, konnte sie nicht widerstehen. Sie zog das Gummiband aus ihrem Haar und band sich einen frischen Pferdeschwanz. T-Shirt und Rock legte sie sorgfältig unter die Sandalen. Sue schwamm ihr entgegen und biss dabei in das aufspritzende Wasser. »Ich komm ja schon«, antwortete Mania.

Sie tauchte und beobachtete von unten, wie Sue um die Stelle kreiste, an der Mania abgetaucht war. Belustigt stellte sie sich vor, wie sie an Sue heranschwamm und der Hündin den Bauch streichelte. Stattdessen kam ihr plötzlich Sues dicke schwarze Nase unter Wasser entgegen. Schockiert fasste Mania nach der Pfote der Hündin. Dann stoben beide zügig nach oben und schwammen um die Wette zum Ufer zurück. Sue gewann. »Wahnsinn!«, sagte sie zu Sue. »Du kannst tauchen.« Die Hündin schleckte sich das nasse Fell ab.

Wann hatte Sue tauchen gelernt? Mania konnte es sich nicht erklären und Tomek hatte ihr nicht davon erzählt. Davon gehört hatte sie schon. Besonders Labradore und Golden Retriever waren dank ihrer Liebe zum Wasser und ihren Schwimmhäuten prädestiniert. Trotzdem kam es selten vor. In den ersten vier Hundejahren, die Sue bei Mania gelebt hatte, konnte sie nicht tauchen. Jemand hatte es ihr beigebracht.

Mania stellte sich vor, wie Tomek dieser sturen, frechen Alphahündin das Tauchen beibrachte: »Na komm, Sue, komm. Mir hinterher. Komm, du kannst das. Du bist ein Labrador!«

Bemüht, aber in Gedanken bei einer Reportage oder einem noch zu führenden Interview. Dazu Sues Ausdruck, der in ein ausgedehntes Gähnen mündet. Unmöglich. Tomek fehlte diesbezüglich der Ehrgeiz.

Jemand anderes hatte mit Sue trainiert, sie wahrscheinlich mit Unmengen von Hundekeksen bestochen. Jemand, der Zeit dafür hatte und den Sue mochte, sonst hätte es trotz der Kekse nicht geklappt. Zahit? Nein.

Widerwillig dachte Mania an Marina. Sie ergänzte Tomeks Beschreibung der »sehr kleinen, dünnen Frau« um kurze dunkle Haare, die ihr in Locken ins Gesicht hingen. Ihre Augenfarbe war grün, die Augen mit Kajal umrandet und Wimperntusche verstärkt. Eine wohlgeformte Nase, hervorstehende Backenknochen und schmale Lippen, auf denen kein Lippenstift, sondern nur Lipgloss glänzte. Schmale Lippen brauche man nicht zu betonen, sagte Manias Mutter immer.

Marinas Hände hingegen waren überproportional groß und die Finger muskulös wie die einer Handwerkerin. Abgekaute Nägel und eingerissene Nagelbetten. In Manias Vorstellung trug Marina dunkelblaue Jeans, einen schwarzen Angora-Pullover mit tiefem V-Ausschnitt und schwarze Stiefeletten. Sie war jemand, die einem nur auffiel, wenn man einen Moment länger hinsah. Dann brannten sich ihre Augen unter die Haut.

»Als hätte der Wind ein Band zwischen uns geknüpft«, sprach Mania laut und abschätzig aus. »Was für ein Schrott! Wer soll ihm denn diesen Quatsch abnehmen?« Sue neigte den Kopf zur Seite und stellte die Ohren auf.

Früher hatten Tomek und Mania bei stärkerem Wind sofort ihre Drachen gepackt und waren losgerannt. Wie konnte er plötzlich Angst vor Wind haben?

Mania und Sue liefen zu Fuß zurück. Langsam kam Leben in die Gassen und Straßen von Favoriten. Der Arbeitstag ging zu Ende. Die Haltestellen, zuvor vereinsamte Schilder in einer Betonwüste, quollen über vor schreienden Kindern und den dazugehörigen Müttern mit und ohne Kopftücher. Etwas abseits standen die Männer, braungebrannt, mit Bierdosen in der Hand, manche von ihnen ohne T-Shirt. Ihr Schweißgeruch verstopfte Mania im Vorbeigehen die Nase.

»Hey!«, hörte Mania und schrak auf. »Ihr Hund hat meine Pizzaschnitte geklaut!« Verwirrt suchte sie mit Blicken nach Sue und entdeckte das Tier kauend hinter einem Busch. »Sorry«, antwortete sie dem Teenie, der halb zornig, halb belustigt mit seinem leeren Pappteller vor ihr stand. »Ich ersetze sie dir«, beteuerte Mania, bevor sie merkte, dass in ihrer Rocktasche nur das Smartphone lag. »Eine Tschick wär auch okay«, meinte der Junge frech, und Mania hätte sie ihm gerne gegeben, musste aber erneut den Kopf schütteln. »Und ein Kaffee? Ich lad dich ein.« Jetzt erst begriff sie, dass sie angemacht wurde, und unterdrückte ein Lachen. »Leider«, antwortete sie ernst, »ich habe einen Freund.« Er zuckte mit den Schultern und warf den Pappteller auf die Straße. Einen Augenblick sah sie dem Jungen nach, wie er breitbeinig, betont gelassen über die Tramgleise davonschritt.

»Das hat dir also niemand abgewöhnt?« Mania zog Sue die Reste der Pizzaschnitte aus dem Maul und leinte die Hündin an. Auf den letzten Metern erinnerte sie sich an Zahit. Zwanzig verpasste Anrufe. Nervös sperrte sie das Tor auf und lief schuldbewusst die Treppe hoch. Schon im Mezzanin hörte sie Schreie und den Lärm von Gegenständen, die gegen Wände prallten. Tomeks Nachbarin stand im Gang. »Zum Glück sind Sie hier. Das geht schon eine halbe Stunde so. Erst der Köter und jetzt!« Mania leinte Sue ab. »Wo der Herr Tomek doch immer so ein ruhiger, freundlicher –«, beteuerte die Nachbarin. »Obwohl man von den Polen ja anderes gewohnt ist.« Sie schien zu überlegen. »Was da am Südbahnhof immer rumlungert. Na, jetzt am Hauptbahnhof. Die ganzen Syrer ...« Ein Krachen aus Tomeks Wohnung unterbrach die Nachbarin in ihren Ausführungen und Mania in ihren Vorstellungen, die Nachbarin zu erschlagen. »Ich kümmere mich darum«, sagte sie höflich. »Gehen Sie ruhig wieder rein.« Währenddessen wickelte Mania Sues Leine um ihre rechte Hand. Der Gesichtsausdruck der Nachbarin versteinerte, und im nächsten Moment verschwand sie in ihrer Wohnung. Mania sammelte sich. In der JVA drehten ständig Typen durch. Viele kamen mit dem Eingesperrtsein nicht klar. An manchen Arbeitstagen hatte es selbst ihr beim Anblick der Zwischengitter die Luft abgeschnürt.

Aus einem Reflex heraus hatte sie beim Weggehen die Wohnungstür hinter sich zugesperrt. Es braucht drei ausgebildete Wärter, um einen tobenden Gefangenen zu fixieren. Mania war allein. Zahit war so groß wie sie, wirkte aber nicht sehr stark. Trotzdem hatte er einen Krieg erlebt und sie nicht.

Leise schob sie den Schlüssel ins Schloss und zog die Tür auf. Natürlich stürmte Sue an ihr vorbei, und gleich darauf hörte Mania die Hündin aufjaulen. Er musste sie getreten haben.

Zahit stand in der Mitte des Zimmers und hielt ein Buch in der Hand, mit dem er bei Manias Anblick sofort auf sie zielte. Mania wich aus. Das Buch prallte gegen die Wand. Sein Blick war eng, verschlossen, voller Hass, und hätte er zuvor nicht Sue getreten, wäre Mania zurückgewichen. So war ihre eigene Wut stark genug. Er rang nach Luft, wollte etwas sagen, kam stattdessen schnellen Schrittes auf sie zu. Noch bevor er sie erreicht hatte, stieß ihm Mania die Faust in den Bauch, und er sackte in die Knie. Sie wartete einen Moment, ob er von selbst wieder Luft bekam. Dann drückte sie einen Akupressurpunkt zwischen seinen Schulterblättern. Er röchelte und sank schließlich ganz in sich zusammen. Erleichtert ließ Mania ihn liegen und ging zu Tomeks Bücherregal.

Über ihren Nacken lief Schweiß die Wirbelsäule hinunter. Am liebsten hätte sie die Hündin gepackt und die Wohnung verlassen. Stattdessen zog sie ein Buch nach dem anderen aus dem Regal und blätterte es durch. Sues Leine hatte sie auf den Tisch gelegt.

»Was suchst du?«, flüsterte Zahit, ohne sich zu bewegen. »Gras«, antwortete Mania ebenso leise und klappte »Die unendliche Geschichte« auf. Zufrieden holte sie eine Plastiktüte aus dem Buch. »Hier haben wir es.«

»Absurd«, murmelte sie.

Zahit runzelte die Stirn. »Warum?«, fragte er und setzte sich auf.

»Weil das Gras in der ›Unendlichen Geschichte‹ liegt. Das Buch, das Tomek und Marina angeblich einmal im Jahr gemeinsam gelesen haben.«

»Ach so«, ergänzte Zahit lau und beobachtete, wie sie gekonnt einen Joint baute. »Du wirkst nicht wie eine Kifferin.« Mania sah belustigt zu ihm hinüber. »Du drehst den Joint wegen mir«, stellte er fest.

Mania zündete den Joint an und reichte ihn Zahit. Kommentarlos holte sie dann aus der Abstellkammer einen Besen und drückte ihn ebenfalls Zahit in die Hand.

»Bevor sich Sue eine Scherbe eintritt.« Die Hündin lag zitternd in ihrem Körbchen. »Ist ja gut, kleine Maus.« Mania kniete sich zu ihr und kraulte sie. »Ist ja gut. Er wird es nicht wieder tun.« Das Gras brannte in ihrer Lunge. Die Hündin kroch aus dem Korb und legte den Kopf auf Manias Knie, wobei sie Zahit nicht aus den Augen ließ. Er kehrte Bücher und Scherben zu einem Haufen in der Mitte des Zimmers zusammen.

»Was ist passiert?«, fragte Mania nach einer Weile. Zahit zuckte mit den Schultern.

»Du warst weg. Sue war weg. Alle waren weg. Die Tür war abgeschlossen.« Müde blickte er um sich. »Ich hab dich angerufen. Immer wieder. Nichts. Da dachte ich ... Dass alles nie passiert ist.« Er gab ihr den Joint zurück.

»Dass was nie passiert ist?«, fragte sie nach.

»Du und Sue. Dass ich mir alles nur eingebildet habe.« Seine Stimme klang gereizt. »Ich wusste nicht mehr, wo ich bin. Ob es Tomek je gegeben hat. Ob die Gegenstände in dieser Wohnung wirklich existieren.«

»Seit ich hier bin, habe ich keine Kirchenglocken gehört.« Verständnislos sah Zahit sie an. Mania verdrehte die Augen. »Der Beginn von Tomeks Text: *Heute ist der 27. Juni 2016. Eben schlugen die Kirchenglocken vier Mal, es ist 16 Uhr.* Verstehst du?« Er sagte nichts.

Sie ging das Regal entlang, streifte über die Buchrücken und schob die Bücher dabei so tief wie möglich nach hinten. Warum hatte Tomek die Kirchenglocken erwähnt, obwohl es hier in der Nähe keine Kirche gab? Die Datumsangabe suggerierte einen Willen zur Präzision. 27. Juni 2016. Wozu die gefälschten Kirchenglocken? Was war wahr und was erfunden?

Eines der Bücher aus der Science-Fiction-Abteilung wehrte sich. Verwundert nahm sie es heraus, griff tiefer in das Regal und ertastete einen Ledereinband. Das mussten sie sein, weitere Berichte, Aufzeichnungen.

»Hast du etwas gefunden?«, fragte Zahit, ohne dabei aufzusehen. Er durchwühlte die Schubladen von Tomeks Schreibtisch. »Nein, du?«, log Mania und stellte Marlen Haushofers »Die Wand« zurück ins Regal. Erst sollte Zahit gehen. Sie wollte alleine sein, wenn sie Tomeks Eintragungen las.

»Ein Notebook!« Er hielt das Gerät triumphierend hoch. »Das ist gut«, sagte Mania und erkannte aus dem Augenwinkel das alte Think Pad, das Tomek mit Sicherheit schon seit Jahren nicht mehr benutzt hatte.

»Was hast du probiert?«, fragte sie.

»Marina.«

Mania lächelte.

»Das ist selbst für Tomek zu einfach«, entgegnete sie. »Ich werde es zu einer Freundin bringen«, log sie. Das Notebook war nutzlos. Zahit klappte es zu und legte es auf den Tisch.

»Und jetzt?«, fragte Zahit. Mania drehte sich eine Zigarette.

»Ich brauche ein wenig Zeit«, erklärte sie, aber Zahit schien es nicht zu verstehen, machte es sich auf der Couch bequem. »Ein wenig Zeit alleine«, präzisierte Mania. »Später gehe ich zu einer Freundin. Sie wird uns weiterhelfen.«

3.

Ruth saß im Schneidersitz auf ihrem roten Plüschsofa, den Laptop im Schoß, neben ihr lag ein Karton mit frischer Pizza. Aus der Küche hörte sie Radio, am Couchtisch stand ein Ventilator und verteilte die klebrig heiße Luft. Sie rauchte und ließ die Pizza ein wenig auskühlen. Es dauerte länger als gewöhnlich, sich in das System der JVA Moabit zu hacken. Vielleicht hatte der IT-Spezialist Verdacht geschöpft. Ruth verwarf die Befürchtung. Niemand schöpfte in solchen Einrichtungen Verdacht. Sie ruhten sich auf ihren Sicherheitssystemen, von denen sie nichts verstanden, aus. 2011 hatten Freunde aus ihrem Netzwerk persönliche Daten von 25000 Polizisten online gestellt. Der Verfassungsschutz behauptete damals, bereits konkrete Personen im Verdacht zu haben, aber bis heute wurde niemand festgenommen.

Manchmal beneidete sie Mania um deren Polnischkenntnisse. Die Hackerlandschaft in Polen war die raffinierteste und kreativste in Europa. Sie kommunizierte mit einigen auf Englisch, war sich aber sicher, dass Gespräche in der Muttersprache vertrauter wären.

Als sie nach einem Stück Pizza greifen wollte, erschien die HTML-Maske der JVA auf ihrem Bildschirm. Es war 17 Uhr. Bald würde Mania bei ihr aufschlagen.

Neben der Couch stand ein Kästchen mit einem weiteren Laptop, der wiederum mit einem Smartphone verbunden war. Im Team versuchten die Geräte, Tomeks Handy zu orten.

Wenn Mania unangekündigt nach Wien kam, musste es etwas mit Tomek zu tun haben. Selbst als sie sich letztes Jahr auf den Weg nach Mazedonien gemacht hatte, hatte sie Ruth vorher geschrieben.

Genüsslich kaute sie an dem Stück Pizza, während sie in der Datenbank der JVA zunächst nach dem Zufallsprinzip einige Akten löschte, dann die von Roland K. mit Absicht.

Sie klappte den Laptop auf ihren überkreuzten Beinen zu und blickte auf den Bildschirm neben ihr. Der Satellit hatte Tomeks Handy geortet, obwohl es ausgeschaltet war. Tomek hatte vergessen, den Chip herauszunehmen. Dilettant, dachte Ruth und griff nach der Cola. Er hielt sich also in Warschau auf.

Siebzehn Jahre war es her und ebenso alt war Ruth damals gewesen, als sie Mania im Winter 1999 zum ersten Mal begegnet war. Ihr Schulfreund Hannes hatte sie zu der Demonstration überredet: »Bist du nicht auch dagegen, dass die Reichen da feiern, während der Rest der Welt verhungert?« Sie hatte zwar mit den Schultern gezuckt, war aber trotzdem mitgelaufen. Zuerst war es ruhig gewesen, die Stimmung gut. Plötzlich kippte alles und sie, die damals nichts von Demos oder Polizeistrategien verstand, begann viel zu spät, davonzurennen. Ein Knüppelschlag traf sie hart zwischen den Schulterblättern, sie sackte in die Knie und sah nach hinten. Aus dem Augenwinkel erkannte Ruth, wie jemand dem Polizisten blitzschnell das Visier des Helmes nach oben schob und etwas sprühte. Der Polizist schrie auf, Ruth wurde von einer Hand am Ellenbogen gepackt und weggezogen.

Kurz darauf saß sie mit einer Mania im Café. Mania tauschte ihren schwarzen Kapuzenpullover gegen einen rosafarbenen mit Mickey-Mouse-Aufdruck. Beide nippten an kleinen Espressi, bestellten Leitungswasser nach und rauchten, und Ruth fragte Mania: »Was bist du? Ein Ninja?« Mania lachte ihr charakteristisches lautes Lachen, das mit dem Alter und dem Zigarettenkonsum tiefer werden würde, und antwortete mit einem Ernst, den nur ein Teenager aufzubringen vermochte: »Ich hab Gewalt schon immer begriffen.«

Ruth fragte nicht weiter nach, etwas in ihr verstand, was Mania meinte. Sie dachte an ihre Großeltern, die den Zweiten Weltkrieg im KZ Lublin-Majdanek überlebt hatten, und an ihre Eltern, die im Kommunismus aus Polen vertrieben worden waren. Sie wusste nicht, woran Mania gedacht hatte, als sie den Satz sagte, aber in dem Moment verband sich etwas zwischen ihnen, und Ruth legte die Hand auf Manias und Mania zog die ihre nicht weg.

»Platz!«, befahl Zahit der Hündin und setzte sich selbst verloren auf den Boden in seiner Wohnung, die ihm nutzlos war. Er wusste nichts mit ihr anzufangen, nur in den Stunden, in denen Tomek hier arbeitete, gewannen die 35 Quadratmeter, bestehend aus einem Zimmer mit Kochnische und einem Badezimmer, an Wert. Zwei große Fenster, die nach Süden zeigten, ließen trotz der Nähe zum gegenüberliegenden Altbau viel Sonnenlicht hinein.

Einfach so hatte sie ihn weggeschickt, als wäre er etwas, das ihr plötzlich lästig geworden war. »Ich brauche ein wenig Zeit alleine. Ich muss nachdenken. Dann fahre ich zu einer Freundin. Sie wird Tomeks Smartphone orten können.« In einem Ton, der keine Widerrede in Betracht zog, hatte sie zu ihm gesprochen. Als ob seine Anwesenheit sie beim Denken stören würde.

Dabei erinnerte er sich ganz anders an sie, vor einem Jahr, als sie ihn und die zwei Kinder einfach in ihr Auto gepackt hatte. Heute Morgen am Bahnhof hätte er sie fast nicht wiedererkannt. In ihrer aufrechten Haltung gab es einen Knick. Als hätte Tomeks Verschwinden ihr Fundament ins Wanken gebracht.

Sie trug einen kurzen Rock und ein Seiden-T-Shirt, die Haare waren länger und streng zurückgebunden, nur der Pony gab ihrem Gesicht noch einen jugendlichen Touch. Natürlich die Augen, an ihnen hatte er sich schließlich orientiert.

In regelmäßigen Abständen und, so schien es ihm, von ihr unbemerkt, blitzte in ihnen etwas Schelmisches durch. Vor einem Jahr hatte ihn dieses Blitzen seltsam beruhigt, heute wurde er nervös. Er fand es anmaßend.

Vor einem Jahr war gerade eine Reise hinter ihm gelogen, bei der sich das Schicksal von einem Moment auf den anderen gegen ihn wenden hätte können. Manias Blick spiegelte diese Willkür des Lebens und relativierte gleichzeitig ihre Tragik.

Inzwischen hatte er hier sich hier eingerichtet, sich daran gewöhnt, dass er leben würde, vielleicht sogar ein angenehmes Leben bekam. Jetzt erinnerte ihn der Blick an das, was er vergessen wollte.

Noch hatte er sich zwar nicht in diese neue Wirklichkeit entspannt, trotzdem gab es Zuversicht – eine Hängebrücke spannte sich schwankend über eine tiefe Schlucht, aber es war Zuversicht. Und Tomeks Verschwinden ließ die Seile der Hängebrücke laut knarzen.

Wenn Tomek vor dem Schreibtisch gesessen hatte, war Zahit oft auf der Couch gelegen und hatte sich von den Sonnenstrahlen wärmen lassen. Für Sue hatte er einen Korb besorgt, den die Hündin liebte und der direkt neben dem Schreibtisch stand, den er selbst nicht benutzte. Er hatte nie einen Schreibtisch besessen und nie einen gebraucht. Mit seinem Tablet lümmelte er auf der Couch und sah sich auf YouTube Kampfsport-Videos und Kung-Fu-Filme an, lud arabische Popmusik herunter oder skypte mit seiner Mutter in Schweden und seinem Bruder in Aleppo. All das machte er nur, wenn Tomek bei ihm war. Alleine wusste er nichts mit sich in der Wohnung anzufangen. Ständig sprang er auf, lief zur Wohnungstür und überprüfte, ob sie abgeschlossen war. Er sperrte von innen zu und ließ den Schlüssel stecken, bis er sich erinnerte, dass, sollte ihm etwas zustoßen, er zum Beispiel einen Herzinfarkt oder Schlaganfall erleiden würde, Tomek jetzt mit dem Zweitschlüssel nicht mehr hineinkäme. Also sprang er erneut auf und zog den Schlüssel ab, erinnerte sich kurz darauf, dass abgesperrt war, und so lief er im Kreis, bis er, von seinem eigenen Verhalten erschöpft, die Wohnung entweder verließ oder genügend Gras rauchte, um einzuschlafen.

Sue lag zusammengerollt in ihrem Korb, während er durch die Nachrichten auf seinem Smartphone zappte. »Party im Flex.

Freier Eintritt für Refugees. Kommst du?« Besser als hier zu versauern, war es allemal. Seit zwei Tagen war er auf keiner Party mehr gewesen. Er ging ins Badezimmer und betrachtete sich im Spiegel, roch an seinem T-Shirt und stieg unter die Dusche. Je länger er den Duschstrahl auf seinen Kopf prasseln ließ, desto weniger wollte er fertig werden. Schließlich zwang er sich dazu, griff nach einem sauberen weißen T-Shirt und einer blauen Jeans, die an den Knien modisch aufgerissen war. Den Kopf bedeckte er mit einem dunkelblauen Tuch – ein Stil, den ihm Tomek nahegelegt hatte. »So siehst du nicht aus wie ein Refugee, sondern wie ein Jugo zweiter Generation. Besser so.« Und tatsächlich wurde Zahit im Gegensatz zu seinen teils bärtigen Freunden oder jenen, die glaubten, sie sähen mit Hemd und einer billigen Anzughose solider aus, niemals bei einer Polizeikontrolle in der U-Bahn oder auf der Straße herausgegriffen. So, wie er aussah, passte er ins Stadtbild. »Ein ganz normaler Tschusch«, hatte Tomek lachend festgestellt und Zahit dabei liebevoll auf die Schulter geklopft. Seitdem Zahit bereits ein wenig Deutsch verstand, fiel ihm bei diesem Satz zum ersten Mal Tomeks R auf, und später begriff er, dass Tomek mit dem Tschuschen sich selbst mitmeinte.

Den Frauen hier gefiel er. Es gab keine Party, die er alleine verließ. Nimmersatt, dachte er und lachte dabei voller Glück, behielt es aber für sich. Er hatte den Verdacht, dass womöglich sogar Tomek seinen Trieb missbilligen, vielleicht moralisch bewerten würde, was Zahit sehr unangenehm wäre, denn er tat nichts Verbotenes, fügte auch niemanden Schaden zu. Im

Gegenteil, er mochte die Frauen hier, ihren Geruch, wie sie sich bewegten, wie sie lachten, wenn er sie zum Lachen brachte. Er zwang ja niemanden, mit ihm zu schlafen, und hier machten die Frauen ohnehin, was sie wollten. Wesentlich häufiger waren sie es, die ihn anflirteten und mit nach Hause nahmen. Das hatte ihn anfangs mit Stolz erfüllt.

Begierig hatten sie ihm zugehört, wenn er von Syrien, dem IS, dem Krieg und seiner Flucht über das Mittelmeer erzählte. Sie waren schockiert von den grausamen Berichten aus Gefängnissen, von Folterszenen, die er, wenn auch nicht selbst, so doch aus zweiter Hand wusste und beinahe erlebt hatte. Sie umarmten ihn und hielten ihn fest, wenn er über das Wasser sprach, das immer tiefer ins Boot drängte. Anfangs wollten sie ihm alle helfen. Er bekam neue Kleidung, neue Schuhe, am Ende des Sommers 2015 besaß er mehr als vor seiner Flucht.

Ein Jahr war vergangen. Inzwischen hatte es die Silvesternacht in Köln gegeben. Inzwischen waren noch mehr gekommen. Inzwischen vermutete er, dass es den Frauen ohnehin nie um ihn, um Zahit, gegangen war. Sie hatten eine Vorstellung von ihm, die klarer war als seine eigene.

Zahit streckte seinem Spiegelbild die Zunge entgegen. Zum Glück sah ihm niemand seine Angst an. Er kniff sich in die Backe und grinste.

Alles lief problemlos, fast wie am Schnürchen – die Drogen und die Frauen. Der Rest würde sich fügen. Er atmete tief ein und aus, betrachtete sich noch einmal. Gut sah er aus, richtig gut. Ja, er war gut. Er war so etwas wie ein Held. Ein Refugee-Held. Er war dem Bürgerkrieg entflohen.

Immerhin sagte ihm hier niemand, dass er sich vor seiner Verantwortung drücke, dass er gefälligst in sein Land zurückgehen solle, sich dem Kampf gegen den IS stellen und gegen das Assad-Regime gleich mit, dass er jung und kräftig sei und dass er keine Ausrede habe. So hatte man im Libanon zu ihm gesprochen. So sprach man im Libanon heute mit Syrern.

Hier war er ein Held. Man musste die Verhältnisse für einen arbeiten lassen. Das Wichtigste war, nicht mehr im Krieg zu leben und seine Familie in Sicherheit zu wissen. Was sollte ihm hier noch Schlimmes passieren? Easy, dachte er, let it flow. Irgendeine Frau würde ihn heute Nacht mitnehmen und in ihr Bett ziehen. Dort wusste er immer, was er zu tun hatte.

»Sue, du bleibst zu Hause«, sagte er bestimmt. Die Hündin hob müde den Kopf, um sogleich wieder in ihrem Körbchen zu versinken. Zahit stellte ihr eine Schüssel mit frischem Wasser hin und legte ein paar Hundekekse daneben. »Du musst ja unglaublich müde sein.« Er streichelte sie. Die Wut auf Mania war fort. Sollte sie ruhig nachdenken und Tomeks Smartphone orten. Let it flow, dachte er. Alles wird gut. Bald werden wir Tomek finden. Alles easy.

Lose Blätter fielen Mania entgegen. Manche waren rechts unten nummeriert, einige datiert. Sie suggerierten keine in sich geschlossene Ordnung. Mania legte sie vor sich auf dem Boden aus und las eine Weile quer. Keine Adressen, keine Telefonnummern, keine Hinweise. Einige waren von Hand geschrieben, in Eile, als hätte er sich davor gefürchtet, beim Schreiben ertappt zu werden. Ein paar Skizzen waren beigefügt. Ein Raum vielleicht? Enttäuscht schob sie den Blätterhaufen wieder zusammen und in ihren Rucksack. Dann machte sie sich auf den Weg zu Ruth. In der Straßenbahn öffnete sie erneut den Ledereinband und las.

Sie wohnt jetzt bei mir.

Ich kann nicht sagen, wohin uns dieses Experiment führt. Ich habe eine dunkle Vorahnung von Schmerz.

Ehrlichkeit ist ein Konstrukt. Ich weiß, was ich tue, ist falsch. Ich weiß, dass ich sie hintergehe. Ich werde nicht auf Unzurechnungsfähigkeit plädieren. Trotzdem wird sie es mir eines Tages danken.

Mania würde sagen: »Du kannst niemanden retten! Rette dich selbst!«

Immer! Heilung bedeutet immer Leben.

»De Profundis« von Oscar Wilde gehört. Lesen geht kaum noch. Aufzeichnungen aus dem Gefängnis – mehrheitlich Briefe an einen Geliebten, der ihn wohl dorthin befördert hatte. Verstörend.

Sie schläft inzwischen besser als ich.

Laut Mania führt jeder Weg, ein Problem zu lösen, letztlich zu einem ähnlichen Ergebnis. Mania ist eine alte Seele, aber obwohl das alles keine Rolle spielt, ist sie nach Berlin gegangen.

Die Straßenbahn hielt abrupt. Es war keine Station. Ein PKW hatte es nicht rechtzeitig geschafft, die Schienen zu überqueren. Mania blickte auf, und als sie wieder hinabsah, um weiterzulesen, stand ein kleines Mädchen neben ihr und sah auf den Ledereinband mit den losen Blättern und dann zu Mania hoch. Die dazugehörige Großmutter saß zwei Reihen hinter Mania und ließ die Kleine nicht aus den Augen. Ihre Blicke fragten Mania, ob es in Ordnung sei, dass ihre Enkelin sie störe. Bestätigend lächelte Mania ihr zu. »Ist es interessant?«, fragte das Mädchen. »Sehr«, antwortete Mania, und das Mädchen nickte, als könnte es das gut nachvollziehen. »Ich habe auch Bücher«, erklärte sie stolz. »Kannst du schon lesen?«

»Nein, leider.« Das Mädchen stieg unruhig von einem Bein auf das andere.

Plötzlich veränderte sich der Gesichtsausdruck der Kleinen und ihr Blick ging zu Boden, wohin Manias ihm folgte. Eine kleine Lacke bildete sich um die Beine des Kindes. Mania zwinkerte ihr belustigt zu. »Es ist so langweilig, aufs Klo zu müssen, wenn man mit so viel Wichtigerem beschäftigt ist«, stellte Mania fest. Misstrauisch betrachtete das Mädchen sie. »Woher weißt du das?«

»Das weiß doch jede«, antwortete Mania. »Die anderen geben es bloß nicht zu.«

»Oh nein!«, rief die Großmutter und eilte zu ihrer Enkelin, die sich daraufhin grinsend von Mania abwandte, um der Großmutter zu entkommen. »Das tut mir so leid«, erklärte die Großmutter allen, bekam die Enkelin schließlich zu fassen und stieg bei der nächsten Haltestelle aus.

Mania betrachtete die Lacke und überlegte, ob die Kleine Ärger bekommen, ob die Großmutter es den Eltern erzählen würde. Uringeruch stieg ihr in die Nase und der letzte Satz aus Tomeks Notizen fiel ihr wieder ein. Er hatte die ganze Zeit über gewusst, warum sie nach Berlin gezogen war, und nichts gesagt.

An dem Tag, als sie Kajas Leiche aus dem See zogen, hatte Mania beschlossen, obwohl das eine nichts mit dem anderen zu tun hatte, Roland K. zu finden. Fünfzehn Jahre später wurde die Stelle einer Therapeutin in der JVA Moabit frei.

»Wann fängst du an?«, hatte Tomek neutral gefragt, als sie ihm verkündete, in einer Woche nach Berlin zu ziehen. »In zwei Wochen«, antwortete sie, als wäre es das Normalste der Welt, dass sie aus Wien und von Tomek wegzog.

»Warum nicht in Wien?«, hakte er halbherzig nach und wischte die Frage mit einer Handbewegung vom Tisch. Sie schwieg und starrte auf die kalten Nudeln.

Tomek hatte gewusst, dass sie kommen würde, dass sie suchen würde, dass sie den Ledereinband finden würde. Sie griff nach dem Tabak und fühlte sich hintergangen. Wer war dieser Mensch, den sie besser zu kennen geglaubt hatte als sich selbst?

Mit den Fingern krallte sie sich an ihrem Oberarm fest, bis der Schmerz ihr Bewusstsein schärfte. »Heute ist Donnerstag«, sagte sie laut. »Ich befinde mich in Wien, Favoriten. Ich sehe ein Fenster. Ich höre Straßenlärm. Ich spüre einen Schmerz in meinem linken Oberarm.« Ein alter Mann drehte sich zu ihr und starrte sie fragend an.

Der Tod ist nichts Schlimmes, dachte Mania und hatte plötzlich Kajas Gesicht vor Augen, die damals so alt gewesen war wie Mania heute. Freitod. Irgendwie lächerlich. Wahrscheinlich hatte Tomek doch recht, wenn er es Mord nannte. Vielleicht nicht ein Mord an sich selbst, eher der Mord an denen, die zurückblieben. Was hatte Kaja gedacht, wie Tomek und Mania danach weiterleben sollten?

Danach hatte Mania jahrelang alles über Suizid gelesen, was sie in die Finger bekam. Sie wollte Kajas Entscheidung begreifen, bis in ihr eigenes Knochenmark spüren, warum diese Frau, die Mania über alles geliebt und bewundert hatte, warum sie sich, obwohl es Mania und Tomek gab, dazu entscheiden hatte können und mit einem Rucksack voller Steine in einen See gestiegen war.

Aber wie viele Studienjahre Mania sich auch mit Depressionen, Schizophrenie, Narzissmus, Borderline- und anderen Persönlichkeitsstörungen beschäftigte, welche soziologischen, ethischen oder wirtschaftlichen Gedankenansätze sie auch abwog, es blieb ungenügend, an Kajas Tod als an das Resultat einer Krankheit, einer Störung, einer Gesellschaftsordnung, materieller Rahmenbedingungen oder einer Zusammensetzung aus all dem zu denken.

Abendelang hatte sie den Kopf in den Schoß ihrer Großmutter gelegt und geweint und ihre Großmutter ihr so lange durchs Haar gestreichelt, bis der Schmerz und die Wut besänftigt waren.

Kajas Tod war Kajas Entscheidung gewesen. Und Marinas Tod sollte Marinas Entscheidung sein. Das würde Mania respektieren. Solange Tomek bei ihr blieb!

Jetzt wischte sich Mania mit ihrem T-Shirt die Tränen aus dem Gesicht. »Erwachsen zu sein«, erklärte sie dem alten Mann in der Straßenbahn, der sie noch immer anstarrte, »hat wirklich keinen Mehrwert.«

Ein Jahr nach Kajas Verschwinden wurden Mania und Tomek zu einer Psychologin geschickt. In der Schule hatte es einen Vorfall gegeben. Sie wusste nicht, ob sie oder Tomek oder sie beide in den Vorfall verwickelt gewesen waren. Die Bilder in ihrem Kopf waren diffus und nicht chronologisch. Sie wusste nur, dass es mit Gewalt zu tun gehabt hatte. Sie merkte sich den Namen Roland K.

Sie wusste, dass sie mehr wusste als das, aber sie wollte nicht mehr wissen.

Zu detaillierteren Informationen hatten sich weder ihre Mutter noch ihr Vater noch Tomeks Vater später überreden lassen. Als hätten sie vereinbart, über das Geschehen zu schweigen, und auch in den therapeutischen Sitzungen erinnerte sich Mania nicht, darüber gesprochen zu haben. Tomek zu fragen scheute sie sich, und von sich aus sprach er nie darüber. Mania wusste, dass er es wusste, denn Mania wusste es auch. Es gab Wissen, das vorhanden war, ohne dass sie darauf zugreifen konnte. Als Kajas Leiche gefunden worden war, hatte es für Mania keinen Zweifel gegeben, dass sie nach Berlin gehen musste. Auch das hatte sie gewusst. Und jetzt wusste Mania, dass Tomek ihre Entscheidung sofort richtig verstanden hatte.

»Es muss doch einen Grund gegeben haben«, beharrte Mania manchmal schwach, wenn sie ihre Mutter in Warschau besuchte und sie auf die Zeit vor und nach der Wende, vor und nach Kajas Verschwinden zu sprechen kamen.

»Kajas Verschwinden hat uns alle schwer getroffen. Und ihr wart noch Kinder.«

»Aber das war es nicht nur. Da war noch etwas. Ich meine, ihr seid doch nicht alleine auf diese Idee gekommen.«

»Findest du es so ungewöhnlich? Heutzutage.« Mania unterbrach ihre Mutter.

»Heutzutage, nein. Aber damals! Wer aus deiner Familie oder auch Papas Familie hat jemals eine Therapie gemacht, geschweige denn seine Kinder zu einem Psychologen geschickt?« Erst schwieg Manias Mutter. Dann glitt ihr Blick zu Boden. Dann zündete sie eine Zigarette an. Immer dachte Mania, dass sie jetzt damit rausrücken würde und dass danach auch Mania wieder darüber sprechen können würde, weil sie sich sicher sein würde, dass es wirklich passiert, dass es wahr war.

»Ja, es gab da diesen Vorfall in der Schule«, begann ihre Mutter verheißungsvoll. »Danach wurden dein Vater und ich und Tomeks Vater zum Direktor geladen. Nach dem Gespräch war klar, wenn ihr an der Schule bleiben wollt, müssen wir euch zu einer Psychologin bringen.«

»Ja! Aber weshalb?!« Mania musste sich zusammenreißen, nicht vor lauter Verzweiflung zu schreien. Ihre Mutter zögerte und Mania hoffte.

»Das weiß ich nicht mehr, Liebes«, sagte sie schließlich.

»Vielleicht habe ich auch einfach nicht verstanden, was der Direktor gesagt hat?«

Sobald ihre Mutter die Sprachkarte ausspielte, kapitulierte Mania. Spätestens dann standen Tränen in den Augen ihrer Mutter, und wenn Mania jetzt nicht geschickt umlenkte, würde sie einen langen Monolog über das Schicksal des doppelten Analphabetismus zu hören bekommen. Darüber, wie sie, Manias Mutter, aber auch der Vater, wie sie beide, als sie nach Österreich ausgewandert waren, was sie ja mussten, weil das, was es während des Kommunismus damals in Polen gab, ja kein Leben gewesen war, sondern ein einziger großer Moloch, aber eben durch diese Migration hätte sie, Manias Mutter, eben nicht eine Sprache dazugelernt, sondern ganz im Gegenteil beide Sprachen verloren. Schrecklich sei das. Ganz furchtbar! Schreiben könne sie überhaupt nicht mehr, weder auf Polnisch noch auf Deutsch – womit sie Mania nebenbei die von ihr spärlich beantworteten SMS erklärte. Eine doppelte Analphabetin sei sie geworden, und wo vorher die Tränen nur angedeutet waren, liefen sie ihr jetzt in Strömen die Wangen herab, und Mania, die absolut gar nichts mit weinenden Frauen und am allerwenigsten mit ihrer weinenden Mutter anfangen konnte, ja, die regelrecht vor Angst zu rotieren begann, sobald ihre Mutter diesen wässrigen Ausdruck im Gesicht bekam, rannte panisch auf die Toilette, um Klopapier gegen den Tränenfluss zu besorgen, und stand danach hilflos neben ihrer Mutter und fragte alle zwei Sekunden, ob sie ihr ein Glas Wasser bringen solle, ob es denn schon besser gehe, ob es in Ordnung sei, wenn Mania … Also, weil sie heute noch zu arbeiten hatte.

Das Nichts, dachte Mania. Ein schwarzes Loch. Das Ende Phantásiens. Der Ort, an den es einst Kaja und heute Marina hinzog. Die beiden waren der Gmork. Sie waren die Diener des Nichts. Sie hatten aufgegeben. Sie waren die dunkle Seite der Macht. Die Depression hatte ihren Tiefpunkt erreicht.

Damals war Tomek zu jung gewesen, um sich von Kaja in das Loch mit hineinziehen zu lassen. Etwas hatte ihn beschützt. Aber heute war er auf sich gestellt. Er war erwachsen.

Mania sah aus dem Fenster. Noch zwei Stationen, bis sie bei Ruth ankam. Sie öffnete den Ledereinband.

Scheitern heißt Gewohnheiten annehmen. Ich renne eine Straße entlang und sehe nichts – bis auf die Straße. Alles dreht sich nur darum: rennen. Ich sehe nichts!

Sie steht neben mir und mein Körper zittert.

Wer bin ich? Und: Wusste ich das jemals?

Das Nachgeben wird zur Gewohnheit. Nichts kann ich mit Gewissheit behaupten. Sie stellt jeden Satz von mir gegen mich um und stiehlt meine Erinnerung.

Da ist eine Wut in mir, die ich weder kenne noch begreife. Als hätte sie den Samen ihrer Wut in mir gepflanzt.

Und plötzlich denke ich: Was ist eigentlich geschehen? Das habe ich mir alles eingebildet. Ich habe alles erfunden. Nichts ist ein Problem.

Wozu soll das gut sein? Wozu soll ich zurückgehen, wenn ich doch an allem nichts ändern kann?

Ich suche nach Halt in den Geschichten anderer. Wie dumm von mir!

Nur noch in meinem Kopf findet ein Abwägen zwischen richtig oder falsch statt. Sobald sie um mich ist, und das ist sie, seit sie bei mir wohnt, nahezu ständig, mache ich, was sie will und wie sie es will. Im Leben gibt es tatsächlich nichts Entscheidendes oder Unwichtiges. Alle Dinge sind gleichwertig.

4.

Davon überzeugt, dass Mania heute noch nichts gegessen haben würde, öffnete Ruth den Kühlschrank. Vor zwei Tagen hatte sie Dosa-Teig angerichtet, es gab noch Reste von Minzjoghurt und Mango-Chutney, im Gefrierfach klebte eine alte Packung Spinat an der Eiswand und ein paar festkochende Kartoffeln lagen in der Speisekammer, um daraus eine südindische Kartoffel-Spinat-Füllung für den Dosa zu zaubern. Dagegen würde Mania, die bei fast allem, das vor sie auf den Tisch gestellt wurde, die Nase rümpfte, nichts einzuwenden haben. Südindische Küche gehörte zu ihren Favoriten, was Ruths Einschätzung nach kein Zufall war, so aufwendig wie sich die Zubereitung einzelner Gerichte gestaltete. Beim Essen war Mania der totale Snob. Lieber würde sie verhungern, als einen Bissen von der Margherita zu sich zu nehmen, die Ruth einmal die Woche bei Dominos bestellte und mit Cola runterspülte.

Obwohl Mania lange nicht so gut kochen konnte wie Ruth, schmeckte sie jedes Gewürz heraus und erkannte sofort, wenn in einem bestimmten Gericht eines fehlte. Mit Mania essen zu gehen war riskant. Die Abende endeten entweder in einer Auseinandersetzung mit dem Chefkoch, in dessen Augen der Zorn über Manias allzu berechtigte Kritik funkelte, oder in einem Besäufnis, bei dem die Köchin und Mania bis in die Morgenstunden fachsimpelten, um letztlich in einem Bett zu landen und danach noch ein gemeinsames Frühstück zu genießen. In beiden Fällen zahlten weder Mania noch ihre Begleitung für Speis und Trank.

Nach einem Dutzend solcher Ausgeherlebnisse hatte Ruth sich schließlich verweigert und stattdessen begonnen, sich Manias Lieblingsrezepte selbst anzueignen. Es dauerte Jahre, bis sie für einen Masala Dosa ein ehrliches Lob bekommen hatte.

Während sie die Kartoffeln aufsetzte, überlegte Ruth, ob Mania noch heute Nacht nach Warschau aufbrechen wollen würde, um Tomek zu suchen. Für den Fall hatte sie den Nachtzug herausgesucht und ein paar Flüge, auch wenn Mania wahrscheinlich noch immer unter Flugangst litt. In dringenden Fällen war sie imstande, ihre Ängste in einen eigens dafür in ihrem Kopf angelegten Panikraum zu verbannen. Dabei spaltete sie ihre Persönlichkeit auf. Ein Jahrzehnt lang hatte Mania all ihr erspartes Geld in Ausbildungsreisen nach Indien investiert, wo sie in diversen Aschrams Stunden in absurd unbequemen Körperhaltungen verbrachte. Vor fünf Jahren hatte Ruth sie auf einer dieser Reisen begleitet, aber bereits nach zwei Tagen den Aschram verlassen und war statt zu meditieren kreuz und quer durch Bombay gefahren, in jedem Stadtteil ausgestiegen und hatte am Ende der Reise jedes nord- und südindische Gericht in seinen unterschiedlichsten Ausprägungen gegessen gehabt. Auch die Nachspeisen. Fünf Kilo hatte sie bei diesem dreiwöchigen Indienaufenthalt zugenommen und diese geschickt unter einem bunten Salwar Kameez verborgen. Mania hatte sie ausgelacht und den Kopf geschüttelt.

»Warum strengst du dich so an?«, hatte Ruth sie eines Nachts gefragt, in einer Stunde, in der die Geräusche des Deckenventilators lauter waren als die der Straße und die Luft kühl genug, dass Mania in Ruths Armen liegen konnte, ohne an ihr festzukleben. »Es ist unmöglich, einen anderen Menschen zu verändern«, hatte Mania ihr geantwortet, und: »Du kannst nur dich selbst verändern, um dann einen anderen Menschen zu verändern. Aber währenddessen musst du vergessen können, dass dein eigentliches Ziel die Veränderung des anderen ist.« Ruth hatte nicht tiefer gebohrt. Mania erklärte immer, so gut sie es eben konnte. Sie hätte dem nichts mehr hinzugefügt.

Die Kartoffel-Spinat-Füllung schmeckte perfekt und ein zarter Garam-Masala-Geruch zog durch die Küche. Es war halb sieben. Ruth beschloss, mit dem Ausbacken der Dosas zu beginnen. Mania konnte jeden Moment klopfen.

Wenn sie an Manias damalige Antwort dachte, gab es da noch immer ein Paradoxon, nur schien es weniger starr. Im Laufe der Jahre ihrer Freundinnenschaft hatte Ruth begriffen, dass all die Mühe, das Psychologiestudium, die Indienaufenthalte, Kung-Fu- und Tai-Chi-Kurse, dass all das irgendwie mit Roland K. zu tun hatte. Und sie fragte sich, ob Mania den angestrebten Zustand wohl erreicht hatte, ob er ihr den erhofften Frieden schenkte und ob dieser Frieden auch halten würde, sollte Tomek etwas zustoßen.

»Berggasse«, dröhnte es aus den Lautsprechern der Tram. Mania klappte die Notizen zu und stieg so selbstverständlich aus, als läge keine Abwesenheit zwischen ihr und dieser Stadt, die Mania zu beobachten schien. Es war, als gehöre Mania hierher, egal, wie lange sie fortblieb. Eine Mutantin war sie, wie die X-Men. Sie gehörte zur steigenden Zahl dieser hybriden Wesen, die nicht aus der Lust am Reisen gezeugt wurden, sondern aus Verzweiflung und der Hoffnung auf ein besseres Leben. Seit sie aus dem Zug gestiegen war und ihre Füße österreichischen Boden betreten hatten, kam ein Teil von Mania zu Hause an, während der Rest rebellierte.

Tomek hingegen hatte nie in Erwägung gezogen, Wien zu verlassen. Er war nicht herumgereist wie Mania, mit Schlafsack und einem ausgestreckten Daumen. Es hatte ihn nirgendwohin gezogen. Er wäre Mania niemals nach Berlin gefolgt. Vielleicht hatte er geglaubt, sie würde zurückkommen. Aber als Mania gegangen war, hatte sie gewusst: Der Weg nach Berlin war eine Einbahnstraße.

Sie ließ die Zigarette, von der sie sich nicht erinnern konnte, sie gedreht oder geraucht zu haben, auf den heißen Asphaltboden fallen.

Er war verloren, sein Experiment zum Scheitern verurteilt, und Mania hoffte, dass dieses Scheitern nicht Tomeks Leben kostete. Sie hoffte, dass die Zeit nicht allzu sehr gegen sie arbeitete, dass das Vergehen der Zeit keine Bewegung hin zu Tomeks Tod bedeutete.

Vor Ruths Haustor schob sie ihren alten Z-Schlüssel in die Gegensprechanlage und ließ sich hinein. An der Tür läutete sie dreimal kurz, einmal lang und noch zweimal kurz. Mehrere Schlösser wurden gedreht und aufgezogen, bevor Ruth vor ihr stand, wie ein Engel, der zu dick war, als dass ihn jemals eine Malerin erdacht haben könnte. »Du bist es«, sagte Mania schließlich. »Wirklich?!«, antwortete Ruth und schüttelte den Kopf. »Selbst das schaffst du zu verdrehen.« In dem Augenblick, als Mania sie umarmen wollte, drehte Ruth sich um, und wie Sue zuvor Mania gefolgt war, trabte diese nun Ruth hinterher. So war es zwischen ihnen immer gewesen, und Mania spürte, wie sie neben Ruth augenblicklich das Gefühl hatte, zehn Jahre jünger, irgendwie verblödet und nichtsdestotrotz unglaublich glücklich zu sein.

In ihren Augen konnte Ruth alles! Sie reparierte alles, hackte sich in jedes Netzwerk, legte jeden Server lahm, fälschte Ausweise, und während sie all das gleichzeitig tat, sah sie umwerfend aus. Dunkelbraune Augen, millimeterkurz geschorenes, pechschwarzes Haar, üppige Oberarme, die sie mit einer einzigen Bewegung aus dem Wasser zogen, ein riesiger Busen, in dem Mania noch immer gerne versinken würde. Ruths Nase hatte eine elegante Krümmung, ihre Lippen unterstrich sie mit dunkelrotem, beinahe violettem Lippenstift, und die viel zu langen Wimpern waren zusätzlich getuscht. Ruths Bauch ließ sich kneten wie ein Teig. Seit ihrer ersten Begegnung war Mania in diesen Bauch verliebt.

Masala Dosa, roch sie, mit Alu-Palak-Füllung, etwas überwürzt, zu viel Garam Masala und keine frischen Chilischoten. Letztlich hatte Ruth nicht wissen können, dass Mania nach Wien kommen würde. »Tomek ist in Warschau«, erklärte Ruth, während sie ihr einen Teller reichte. Mania setzte sich. Für einen Moment zog sie in Erwägung, gegen die sich ausbreitende Taubheit in ihren Gliedmaßen anzukämpfen. Dann schlief sie auf dem roten Plüschsofa ein.

Verwundert betrachtete Ruth ihre Freundin, setzte sich zu ihr, überprüfte ihren Puls. Sie war einfach eingeschlafen. Irgendwann hatte ihr Mania von dieser Krankheit erzählt, die sie bis zu ihrem zehnten Lebensjahr geplagt hatte, sich dann aber zu verflüchtigen begann und mit der Pubertät ganz verschwunden war. Jetzt schien sie zurück. Besorgt deckte sie Mania zu und nahm das Smartphone aus ihrer Hand. Sie wischte über den Bildschirm und gab das Geburtsdatum von Manias Vater ein. Es war tatsächlich noch immer derselbe PIN-Code.

Offenbar hatte Mania eine Freundin, die Franziska hieß, der sie wohl nicht Bescheid gegeben hatte. Ruth scrollte durch die Nachrichten und antwortete schließlich: Musste dringend weg. Melde mich bald. Mach dir keine Sorgen! Küsse.

Ein Sobowitz, wahrscheinlich Manias Vorgesetzter, schien ebenfalls abwechselnd wütend und besorgt, allerdings nicht um Mania, sondern um die Akte von Roland K., die sie auf sein unbedachtes Drängen hin offensichtlich mitgenommen hatte. Ruth überlegte, ob sie ihm antworten sollte. Wahrscheinlich plante Mania ohnehin nicht, nach Berlin zurückzufahren. Sie ließ die Nachrichten stehen.

Um Manias Mutter wagte Ruth nicht, sich zu kümmern. Diese Frau durchschaute alles und jeden. Eine von Ruth verfasste SMS hätte Manias Mutter sofort als genau das erkannt und im nächsten Moment würde eines von Ruths Smartphones aufgeregt vibrieren. Besser war es, sie legte Manias Smartphone beiseite und widmete sich ihrem Rucksack.

Alles, was ich mir vorstellen kann, existiert wirklich. Es gibt kein Außerhalb. Ich verbringe Stunden damit, die Schneeflocken zu beobachten und mir zu vergegenwärtigen, dass keine Schneeflocke der anderen gleicht.

Ich weiß, ich sollte etwas essen. Ich möchte etwas essen. Aber ich esse nicht. Ich lese in einem Buch. Ich streichle Sue. Ich lege mich zu Marina ins Bett und beobachte sie beim Schlafen. Wenn sie schläft, ist sie friedlich. Solange sie schläft, bin ich glücklich, dass es sie gibt, dass es uns gibt. Ich vergesse, dass es uns in Wirklichkeit nicht gibt. Ihr Herz ist ein schwarzes Loch.

Bald werde ich dieser Welt gleichen. Bald werde ich Marina so sehen, wie die Welt sie sieht.

Außer Marina habe ich jetzt nur noch Zahit. Zahit lässt keine Gelegenheit aus. Sein Motto lautet: Es gibt ein Ziel, aber keinen Weg; was wir Weg nennen, ist Zögern. Obwohl ich mir sicher bin, dass er Kafka nie gelesen hat.

Er kann nicht allein sein. Ruhe und Stille setzen seine Dämonen frei. Aber ich sage nichts. Es ist sein Leben. Ich kann auf mein eigenes nicht achten.

Mania blinzelte, dann schreckte sie jäh hoch. Ruth saß vor ihr, Tomeks Notizen in den Händen, und las.

»Was tust du da?« Sie schnappte nach den Blättern, aber Ruth war schneller.

»Ich habe sofort gesehen, dass diese Frau eine Psychopathin ist.«

»Das ist nicht richtig, dass du seine Notizen liest«, protestierte sie.

»Dass du es tust, aber schon?«, entgegnete Ruth. Mania nahm das Gummiband aus dem Haar und band einen neuen Pferdeschwanz.

»Er wollte, dass ich sie finde.«

»Sprach der Dieb, weil die Tür nicht abgeschlossen war.«

»Komm du mir nicht so.« Sie tauchte unter Ruths Achsel durch und holte den Ledereinband, den Ruth zwischen ihren Rücken und die Sofalehne geklemmt hatte. Dabei roch sie Ruths Schweiß, vermischt mit einer dezenten Note Vanilleparfum. Es war noch immer der gleiche Duft, und er versetzte Mania einen sanften Stoß.

»Hast du alles gelesen?«, fragte Ruth und drehte mit Manias Tabak eine Zigarette.

»Ich dachte, du rauchst nicht mehr?«

Ruth nickte und reichte ihr die fertige Zigarette.

»Oder irre ich mich?« Mania zündete sie an und zog den Rauch tief ein. »Danke. Und, nein, ich habe gerade erst begonnen.«

»Psychopathie. Ist es nicht genau das?«, fragte Ruth in ernstem Ton, während Mania rauchte, überlegte und schließlich seufzte.

»Ich fand diese Pathologisierungen schon während meines Studiums anstrengend.«

»Wir können uns auch auf gestört einigen«, schlug Ruth

vor und setzte sich an den Schreibtisch. »Gestört und gefährlich.« Darüber musste Mania lachen. Als sie die Notizen gelesen hatte, waren ihr Termini wie Borderline- oder narzisstische Persönlichkeitsstörung durch den Kopf gegangen.

»Hast du sie kennengelernt?«, fragte Mania. Ruth tippte auf der Tastatur herum.

»Es gibt Menschen«, überlegte sie laut, »du siehst sie, redest mit ihnen und du weißt sofort, ob es ihnen gut geht oder nicht.«

»Ja.«

»Man muss keine Empathie-Koryphäe dafür sein«, ergänzte Ruth und hielt einen Moment inne, bevor sie fortfuhr. »Dann gibt es Menschen, die gekonnt verschleiern, wie es ihnen wirklich geht. Nur, wenn man genau darauf achtet, was zwischen den Sätzen geschieht und wie das Gesagte, die Gestik und die Mimik einander widersprechen, erkennt man, was sich hinter dem Schleier verbirgt.« Ohne es zu bemerken, bohrte Mania in der Nase. Erst als sie den Popel in den Mund stecken wollte, begriff sie durch Ruths Gesichtsausdruck, was sie tat, und schnippte ihn weg.

»Dann gibt es noch jene, für die braucht man so etwas wie einen sechsten Sinn.«

»Eine therapeutische Haltung«, übersetzte Mania, und Ruth verdrehte die Augen.

»Marina ist böse«, konstatierte Ruth.

»Böse?«

»Ja, böse.«

Mania lachte entsetzt auf: »Ruth!«, aber ihre Freundin hielt sie mit einer Geste davon ab, weiterzusprechen.

»Es ist mir egal, mit welchem psychologischen Fachvokabular sich böse übersetzen lässt. Destruktiv, traumatisiert, antisozial.«

»Böse ist lediglich eine normative Zuschreibung!«, konterte Mania. Dann schwiegen beide.

»Ich wusste nicht«, sagte Mania etwas ruhiger, »dass du …«

»Na, was?«

»Religiös bist.«

»Ich brauche nicht religiös zu sein, um etwas Böses als solches zu erkennen.«

»Findest du?«

»Finde ich.«

»Weil deiner Meinung nach die Existenz des Bösen eine universelle Wahrheit darstellt?«

»Ja«, antwortete Ruth trotzig. »Ja. Das glaube ich.«

»Ich denke, es ist ein religiöses Konstrukt.«

»So?«

»Etwas, woran sich Menschen festhalten können, wenn ihnen Erklärungen fehlen oder nicht ausreichen.«

Ruth lachte zynisch. »Und was ist mit Roland K.?« Im selben Augenblick, als sie den Namen ausgesprochen hatte, blickte Ruth beschämt zu Boden. Sie hatten eine Vereinbarung: Ruth durfte Mania nie nach Roland K. fragen. Das hatte sie Mania versprochen. Jetzt durchsetzte der Bruch dieser Vereinbarung die Luft im Raum, vibrierte durch den unsichtbaren Staub, bis Ruth, ohne eine Reaktion abzuwarten, fortfuhr.

»Wenn du es so siehst, bis du genauso verloren wie Tomek.«

Dabei deutete sie auf Tomeks Notizen. »Dann wirst du irgendwann auch an so eine Psychopathin geraten und versuchen, in ihrem Sadismus die aufgeplatzten Wunden der Prügel ihrer Kindheit zu erkennen und damit die Prügel, die du selbst beziehst, entschuldigen. Du wirst wie eine von den Heten sein, die vor ihren Vergewaltiger-Männern in Frauenhäuser fliehen, nur um am Ende zu ihnen zurückzukehren oder sich einen neuen Vergewaltiger-Schläger-Typen zu suchen, der genauso ist.«

»Es reicht«, stammelte Mania, »du bist ungerecht.« Schockiert starrte sie Ruth an. So hatte sie ihre Freundin noch nie reden gehört.

»Wie bist *du* eigentlich an eine Freundin geraten«, wechselte Ruth nur scheinbar das Thema, »die dir 120 Nachrichten schreibt, sobald du dich 24 Stunden nicht meldest?«

»Franziska«, erinnerte sich Mania und überging die Gehässigkeit in Ruths Frage.

»Ich habe für dich geantwortet«, erklärte Ruth, woraufhin Mania aufstand und in die Küche ging. Sie legte einen Masala Dosa auf den Teller und füllte ihn mit Alu-Palak. Es schmeckte hervorragend, obwohl die frischen Chilischoten fehlten. Nachdem sie aufgegessen hatte, kehrte sie ins Wohnzimmer zurück und setzte sich wieder auf die Couch.

»Ich muss nach Warschau«, sagte sie bestimmt. »Wie genau kannst du seinen Standort tracken?«

Kommentarlos tippte Ruth, und das Schwarz des Screens wurde heller. Google Maps – oder eine Variante davon – nahm jetzt den gesamten Bildschirm in Anspruch. In der Mitte der Karte flimmerte ein grüner Punkt.

»Er oder sein Smartphone haben sich seit drei Stunden nicht vom Fleck bewegt«, erklärte Ruth und: »Ich komme mit.« Mania nickte.

»Zahit«, erinnerte sich Mania. »Ich muss ihm sagen, dass wir den nächsten Flug nehmen.«

Sie wollte sauer auf Ruth sein, aber sie verspürte nicht einmal Ärger. Immerhin brauchte sie Franziska jetzt nicht mehr zu antworten.

Zahit saß im Schneidersitz gegen seine Wohnungstür gepresst und schluchzte. Sue hatte sich im Dunkeln an ihn geschmiegt und ihre Schnauze auf sein Knie gelegt. Er streichelte den Kopf der Hündin. Gleichzeitig wischte er auf dem Smartphone herum, ohne entscheiden zu können, wen er anrufen sollte. Jetzt, genau jetzt, sollte Tomek hier bei ihm sein. Tomek sollte neben ihm sitzen und ihm auf die Schulter klopfen und sagen, das sei alles nicht schlimm und habe überhaupt nichts zu bedeuten. Zahit solle sich beruhigen. Die Wogen würden sich glätten. Alles werde gut.

Aber Tomek war verschwunden, vielleicht sogar tot! Erneut schluchzte er auf und wischte verloren über das Gerät, las erneut die SMS von Leo: »Es gab im Heim eine Razzia. Hau besser ab.«

»Ich beneide dich!«, sagte er zu Sue gewandt, die daraufhin ihre Augenbrauen hochzog. »Du brauchst kein Geld. Und wenn dich jemand bedroht, würde entweder Tomek oder ich oder Mania … Mania.« Natürlich. Mania. Warum hatte sie sich noch nicht gemeldet? Ob sie noch bei dieser Freundin war?

Erleichtert wischte er die Tränen weg. »Sie sieht gut aus, diese Mania. Findest du nicht?« Dabei kraulte er die Hündin hinter den Ohren und vergaß, was ihn eben noch hatte verzweifeln lassen. Er stellte sich vor, wie er mit Mania gemeinsam an die Donauinsel fuhr.

Diesen Sommer hatte er den FKK-Bereich entdeckt. Bei seinem ersten Besuch mit Tomek war er schockiert gewesen – alle so nackt. Aber schnell genoss er es, verbrachte ganze Tage dort und sah den nackten Frauen dabei zu, wie sie aus der Donau kamen. Wasser perlte an ihrer sonnengebräunten Haut ab, die nassen Haare klebten am Kopf und lockten sich verspielt auf den Schultern. Es gab alles, was sein Herz begehrte: dunkelhaarige und blonde, ältere und sehr junge Frauen. Alle waren sie nackt, und er konnte im Gras liegen und ihnen zusehen. Manchmal setzte er sich neben eine und bekam ein Bier angeboten. Die Donauinsel war wirklich ein Paradies.

Dorthin würde er jetzt gerne mit Mania und Sue fahren. Wie sie wohl aussah, wenn ihr die schulterlangen blonden Haare nass im Nacken hingen und ihre wahrscheinlich noch weißen Pobacken das kurze Gras plattdrückten? Durch den Rock, den sie anhatte, zeichnete sich ihr Hinterteil so wohlgeformt ab – schlank, aber nicht dürr. Er würde Mania anbieten, sie zu massieren. Verträumt streichelte er weiter den Kopf der Hündin, als er plötzlich vom Vibrieren des Smartphones aufgeschreckt wurde.

»Hi. Ich bin's. Wo bist du?« Manias Stimme drängte in sein Bewusstsein.

»Noch in meiner Wohnung«, antwortete er und bemerkte seinen verunsicherten Ton. »Es ist etwas passiert. Kannst du kommen?«

»Ruth hat Tomek getrackt«, erklärte sie, ohne auf ihn einzugehen. »Er ist in Warschau. Ruth und ich fliegen in der Früh. Was ist denn passiert?«

Zahit sprang auf.

»Das geht nicht. Ich möchte mit. Du kannst mich nicht hierlassen! Und Sue?«

»Wie bitte?«

»Du musst herkommen. Ich möchte. Kannst du nicht? Ich komme mit nach Warschau.«

»Aber Sue. Wir fliegen. Du hast keine Papiere.«

Er schluchzte wieder unkontrolliert.

»Ich bleibe nicht hier!«, rief er. »Ich bleibe nicht hier!« Er hörte nicht mehr, was Mania sagte. Irgendwann bemerkte er, dass sie aufgelegt hatte. Die Zeit war zu einer Wolke expandiert, in der seine unmittelbare Erinnerung verpuppt und unzugänglich gefangen lag. Kurz darauf, so kam es ihm vor, klopfte es an der Wohnungstür. Sue bellte nicht, und bevor ihm klar wurde, dass er nicht abgeschlossen hatte, saß Mania neben ihm, ihren Arm um seine Schulter gelegt.

»Was ist denn passiert?«, fragte sie, als sie merkte, dass er wieder bei sich war. Er wischte über das Smartphone und zeigte ihr die SMS. Schüttelfrost überfiel ihn, sodass sie ihn stärker an sich drückte. »Mitzufahren ist für dich riskanter, als hierzubleiben.« Daraufhin schluchzte er noch lauter und murmelte etwas auf Arabisch.

Gemeinsam das Flugzeug zu nehmen, war ausgeschlossen. Nicht nur wegen der Passkontrollen, auch wegen Sue. Eine Zugfahrt wäre zu riskant und würde außerdem zu lange dauern. Ihnen blieb nichts anderes übrig, als einen PKW zu mieten und so bald als möglich loszufahren. Während Mania das dachte, merkte sie, dass sie sich bereits entschieden hatte. Ruth müsste noch überzeugt werden. Sie streichelte Zahits Kopf und kraulte Sues Bauch. Langsam beruhigte er sich.

Die beiden mitzunehmen, war zwar hirnrissig, aber irgendwie fühlte sich Mania bei der Vorstellung, Sue bei sich zu haben, geborgener, und Zahit alleine in seiner Wohnung zurückzulassen, missfiel ihr. Wer wusste, auf welche Gedanken er käme, mit der Angst im Nacken, es könnte jeden Moment eine Polizeistaffel die Tür aufbrechen und ihn zurück nach Syrien oder in ein angeblich sicheres Drittland schicken.

Sie erinnerte sich, wie sie Zahit von einer Grenze über die nächste bis nach Wien gefahren hatte, erinnerte sich an ihre Gespräche, und wie sie miteinander gelacht hatten. Er war ihr auf Anhieb sympathisch gewesen. Vor ihr war damals ein junger Mann mit einem kleinen Mädchen an der einen Hand und einem Teenager an der anderen gestanden, von denen er behauptete, es seien beides seine Kinder. Schmunzelnd hatte Mania genickt, denn Zahit war nur wenig älter als der Teenager. Es hatte sie nicht gestört, dass er sie anlog. Wer, dachte sie, würde in so einer Situation nicht lügen?

Sie betrachtete ihn, wie er die Ellbogen auf die Knie, den Kopf in die Hände gelegt hatte. Sein warmes Lächeln und seine Leidenschaft fielen ihr ein. Wie er aufmerksam jedes Wort von Tomeks Brief abgespeichert hatte, wie er unter der Abwesenheit des Freundes litt. Dass er gleich nach dem Anruf der Nachbarin in Tomeks Wohnung geeilt war, um sich um Sue zu kümmern. Dass er sofort Mania angerufen und sie dann vom Bahnhof abgeholt hatte. Sie sah, wie ihm die Hündin vertraute. Aber auch das Bild des Buches, das knapp an ihr vorbei gegen die Wand geflogen war, ging ihr durch den Kopf und sie seufzte.

Was sollte sie bloß Ruth erzählen? Dass sie in einem Mietwagen zusammen mit einer Hündin und einem geflüchteten Syrer, der keinen Asylbescheid hatte, dafür aber wegen Drogendealen gesucht wurde, nach Warschau fahren würden? Schon in Gedanken klang das absurd. Obendrein hatte Ruth, so wenig sie die Polizei mochte oder von Gesetzestreue hielt, eine sehr konservative Einstellung, was Drogen betraf, und null Toleranz, was Dealen anging. Oft genug hatten sie deswegen gestritten. Aber nachdem Hannes an einer Überdosis Meth gestorben war, konnte man mit Ruth darüber kein nüchternes Gespräch mehr führen.

»Ich bleibe nicht hier«, begann Zahit wieder von vorne.

»Ist ja gut«, beruhigte sie ihn. »Du kommst mit.«

Zweiter Teil

5.

4. Februar 2016

Um zu verstehen, wie eine Person die Welt wahrnimmt, muss man verstehen, wie die Welt diese Person wahrnimmt.

Wenn ich Marina betrachte, sehe ich vor mir das Bild einer Frau, die mit einem Korb auf ihrem Kopf einen verminten Fluss überquert. So bewegt sich Marina durch die Welt, ohne dass die Welt es sieht. Die Welt sieht nur ihre magnetische Schönheit, die bewirkt, dass man derjenige sein möchte, der am anderen Ufer auf sie wartet, um ihr die Hand zu reichen. Niemand möchte die Frau sehen, die gleich in die Luft gehen könnte.

Was macht das mit der Frau, die immer als etwas gesehen wird, was sie nicht ist? Was macht es, wenn nie jemand den Kampf, den sie führt, als solchen anerkennt?

Ich muss an Zahit und die Frauen denken. An Zahit und die Drogen. An Zahit und die Perspektivlosigkeit, in die meine Kultur geflüchtete Menschen wirft.

Dieses dauerhafte Gefühl von Schuld, das in mir wächst und gedeiht. Erst durch Marina habe ich begriffen, dass nicht jeder Mensch es in sich trägt. Marina empfindet keine Schuld. Nie.

Empathie hat nichts mit Güte zu tun. Gerade die Fähigkeit, sich zur Gänze in einen anderen Menschen einzufühlen, ist die Voraussetzung für Sadismus. Das wahre Böse entspringt einem berechnenden Mitgefühl.

Mania knipste die Taschenlampe aus und drehte sich nach hinten. Zahit war eingeschlafen. Die Hälfte seines Gesichts klebte an der Fensterscheibe, die sein Atem regelmäßig beschlug.

Wie ein Kind saß er da, ein Kind, das man mitten in der Nacht aus dem Bett ins Auto gepackt hatte. Sein Körper nahm kaum ein Drittel der Rückbank in Anspruch, auf dem Rest lag Sue und schnarchte. Die Schnauze bequem auf Zahits Oberschenkel drapiert, sabberte sie ihm die Jeans voll.

Ein Gefühl von Wärme und Verantwortung überkam Mania und sie erinnerte sich, wie sie auf derselben Strecke als Kind oft auf Zahits Platz gesessen hatte. Wie sie zwischendurch von den Gesprächen ihrer Eltern aufgewacht war, meist kurz vor den Grenzen, die damals noch als ausgeschilderte Gebäude inmitten von Brachen standen, vor ihnen wartende Autokolonnen, oft eine ganze Nacht lang. Die Grenzbeamten rochen nach Schlafentzug und Alkohol, ihre Umgangsformen waren spröde und grob. Mania spürte, wie die Anspannung ihrer Eltern sich auf sie übertrug.

Um nicht in der Schlange warten zu müssen, musste sie manchmal vorgeben, krank zu sein. Dafür hatte sie zu Hause vor dem großen Spiegel im Vorzimmer geübt. Sie zog die Augenbrauen zusammen und versuchte, sich Halsschmerzen vorzustellen, hüstelte und legte einen weinerlichen Ton in ihre Stimme, sobald der Grenzbeamte fragte, was ihr fehle. Anklagend sah Mania ihn an, denn wegzusehen traute sie sich nicht. Von ihrer Lüge hing die Weiterfahrt ab. Mehr als das:

Wenn sie scheiterte, wäre ihre Lüge zur Lüge ihrer Eltern geworden, weshalb sie einwandfrei sein musste.

Mania wendete sich zu Ruth, die ihren Blick stur auf die Straße richtete. Ihr linker Ellenbogen lag auf dem offenen Fenster, mit der rechten Hand steuerte sie ruhig und voller Selbstvertrauen, wie sie auch sonst alles tat. She's a gangsta girl, dachte Mania zufrieden und packte den Tabak aus.

Es war kurz nach 22 Uhr, sie fuhren durch Tschechien und die Straße war leer, nur ab und an überholten sie LKWs mit Lebensmittellieferungen.

»Denkst du über Tomeks Notizen nach?«, fragte Mania in die Stille hinein. »Ich denke über Tomek nach«, antwortete Ruth. Hinter den Autofenstern war bis auf den Lichtkegel der Scheinwerfer alles schwarz und hinter dem Schwarz lag ein ebenso dunkler Wald. Ein Teil von Tomek wandelte im dunklen Wald und verlor sich darin. Den anderen Teil hatte er retten können. Mit dem anderen Teil analysierte er aus der Distanz das Geschehen.

In der Therapie, die sie nach dem Studium und im Zuge ihrer eigenen Ausbildung gemacht hatte, schlug ihre Therapeutin Frau Dr. Harz – eine stämmige Person, die auch im Sommer nur Wollsachen trug – mehrere Einheiten EMDR vor. *Eye Movement Decensitization and Reprocessing*. Mania kannte die Methode und war neugierig. Sie saßen einander gegenüber, Manias Augen waren geschlossen und Frau Dr. Harz klopfte im Herzschlagtempo abwechselnd auf Manias rechtes und linkes Knie.

»Er glaubt, dass er im Schach steht«, sagte Ruth und schnippte den Zigarettenstummel aus dem Fenster.

»Was?«, fragte Mania.

»Gibt er sie auf, ähnelt er ihr. Hält er an ihr fest, zerstört sie ihn.«

»Deshalb muss er ihr bei dem Suizid helfen?«

»Er muss sie davon abbringen«, berichtigte Ruth. »Er muss sich ihre Mittel aneignen. Er muss in ihren Kopf. Nur, dass sie schon in seinem ist. Sobald du einen Vampir zu dir einlädst ...«

Das regelmäßige Klopfen versetzte die Augen in einen Schlaf-Wach-Zustand, und Mania machte sich im Kopf auf den Weg zu dem See. Die EMDR-Sitzung hatten sie gut vorbereitet. Wichtig war es, die Szene durch eine Glasscheibe zu beobachten, bis der mögliche Wendepunkt kam und das Gehirn eine andere Fortsetzung des Geschehenen entwickeln konnte. Irgendwie war es ein kontrollierter Traum.

»Du glaubst ja auch an das Böse.« Mania zog ihr T-Shirt hoch, bis es ihr Gesicht verdeckte, und flüsterte durch den Stoff: »Ich. Ich bin der Teufel. Der Tayvl.«

»Hör auf!«, forderte Ruth. »Damit scherzt man nicht.«

»Szatan! Jestem Szatan!«

»Es reicht!«, zischte Ruth. »Nur, weil dir nichts heilig ist.«
»Stimmt«, log Mania, »mir *ist* nichts heilig. Und ich verstehe nicht, wie ein intelligenter Mensch, eine Programmiererin, Mathematikerin, ein logisch denkender Mensch ... Wie ist es möglich, dass du dich von der Vorstellung des Teufels beeindrucken lässt?«

»Und ich verstehe nicht«, konterte Ruth, »wie eine katholisch erzogene Lesbe konsequent leugnen kann, dass es Eigenschaften gibt, die sich mit psychologischem Geschwafel nicht schönreden lassen. Verdammt! Diese Wissenschaft, die ohnehin keine ist, und wenn sie eine wäre, keine 200 Jahre zählt, diese Wissenschaft, die ihre Erkenntnisse noch vor 150 Jahren auf die Messung von Gehirnen stützte und damit die Klassifizierung von Rassen und Untermenschen bewies. Die Hexenverbrennungen liegen Jahrhunderte zurück, aber dass man Menschen mit Elektroschocks ihre Homosexualität auszutreiben versucht, ist noch keine 50 Jahre her!« Ruth schaltete in den fünften Gang. Mania beobachtete, wie der Zeiger hundert Stundenkilometer überschritt.

»Das stimmt«, sagte sie und wartete, bis der Zeiger zur auf einer Landstraße vorgeschriebenen Geschwindigkeit zurückgewandert war.

Der See lag ruhig vor ihr. Ob die Scheibe da sei?, hörte sie Frau Dr. Harz' Stimme, und sie nickte und klopfte im Geiste gegen das Glas. Bäume mit bunten Blättern säumten das Ufer. Die Sonne war noch nicht aufgegangen, trotzdem war es bereits hell. Plötzlich sah sie sich selbst, wie sie in einiger Entfernung stand und beobachtete, die Kapuze ihrer Winterjacke ins Gesicht gezogen.

»Mal angenommen, es gibt das Böse«, fuhr Mania fort. »Dann trägt jeder Mensch das Potenzial in sich, böse zu sein. Du kennst doch dieses Experiment. Das mit den Stromschlägen.«

»Das Milgram-Experiment?« Mania nickte.

»Kaum jemand hat verweigert, auf den Knopf zu drücken.«

»Das ist nicht böse. Das ist Gehorsam.« Mania wollte dem etwas entgegensetzen, aber Ruth war schneller. »In Gesellschaften, in denen Menschen zu blindem Gehorsam, zu einem Chain-of-Command-Denken erzogen werden, ist es nicht verwunderlich, wenn sie sich danach verhalten. Böse wäre, wenn sie Spaß dabei empfänden. Spaß oder Genugtuung.«

»Und wenn es ihnen egal ist?«

»Ich weiß nicht«, überlegte Ruth laut, »ob ich Gleichgültigkeit für böse halte.« Mania riss eine Packung Chips auf, roch angewidert das ranzige Öl und hielt sie Ruth hin, die sich eine Handvoll in den Mund stopfte.

Noch einmal die Ermahnung der Therapeutin, wieder klopfte Mania gegen die Scheibe. Kaja ging mit einem Rucksack beladen langsam, aber zielstrebig auf das Ufer zu. Mania klopfte gegen die Scheibe. Manja, das Kind, stand unbeweglich hinter dem Baum und sah zu, wie Kaja sich kurz hinkniete, wieder aufstand und angezogen, wie sie war, mitsamt ihrem Rucksack Schritt für Schritt in das Wasser tauchte.

»Ich hatte ein Jahr lang einen Patienten«, erzählte Mania. Ruth kaute und nickte. »Er wuchs als Junge bei seinem Vater auf, der sich nicht um ihn kümmerte und ihn im Alter von zehn Jahren vor die Tür setzte. Der Junge schlug sich durch, baute sich ein Baumhaus, in dem er schlief.«

»Ein Baumhaus?«, fragte Ruth verwundert. Mania zuckte mit den Schultern. Da gab es nicht mehr zu verstehen.

»Mit vierzehn kam er in ein Heim für schwer erziehbare Jugendliche und machte dort eine Lehre zum Maurer. Mit achtzehn, auf dem Weg zu seiner Halbschwester, begegnet ihm eine junge Frau. Er überfällt sie, zerrt sie eine Böschung hinab, vergewaltigt sie und ertränkt sie in einem nahen Bach. Dann steckt er ihr einen Ast in den Anus und lässt die Leiche vom Wasser wegtreiben.«

»Warum der Ast?«

»Er sagte, das sei ihm so eingefallen. Es folgen Überfälle, Vergewaltigungen, Morde. Als ich ihn frage, ob es bestimmte Regungen in ihm gebe, die er dabei verspüre, fragt er, was für Regungen ich meine. Da gab es keine Angst, entdeckt zu werden, keine Gedanken an Eltern oder Freunde der Frauen. Er spürte schlichtweg nichts.« Mania wartete einen Augenblick.
»Und? Böse?« Ruth hatte ihre Stirn in Falten gelegt.

»Nein. Nicht böse.«

»Warum nicht?«

»Es stehen nicht die Qualen der anderen Menschen im Vordergrund, sondern die Befriedigung der eigenen Bedürfnisse und ein Ausleben von Kreativität.«

»Kreativität?«

»Das mit dem Ast.«

»Was wäre denn *dann* böse?«

»Er ist gefährlich. Ja. Unberechenbar. Auf jeden Fall. Aber auch nüchtern. Eben nicht leidenschaftlich. Das Böse gehört zum Hass und der Hass zur Liebe und die Liebe erzeugt Sehnsucht und Verlangen. Ich denke, dass Tomek recht hat. Für echten Sadismus bedarf es einer Menge an Einfühlungsvermögen, an Mitgefühl.«

In ihrer bisherigen Erinnerung war sie versteinert hinter dem Baum stehen geblieben und hatte zugesehen, wie Kaja im See verschwand. Diesmal lief sie zu ihr hinunter, und Kaja drehte sich zu ihr um, kehrte zurück ans Ufer. Es habe nichts mit ihr zu tun, versicherte Kaja und umarmte das Kind. Mania klopfte gegen die Scheibe, während ihr die Tränen hinunterliefen.

»Du kennst doch Philip K. Dick.«

»Der *Bladerunner* geschrieben hat?« Ruth nickte.

»Dieser Voight Kampff Test, mit dem Empathie getestet wird, um Androiden von Menschen unterscheiden zu können. Ich erinnere mich an eine Frage: Du gehst alleine durch eine Sandwüste. Plötzlich kommt eine Schildkröte auf dich zu. Du greifst nach ihr und drehst sie auf den Rücken. Ihr Bauch brät in der Sonne. Sie strampelt und versucht sich zurückzudrehen, wird es aber ohne deine Hilfe nicht schaffen. Du hilfst ihr nicht. Warum?« Es war kurz still. Dann fuhr Ruth fort. »Hast du gewusst, dass Empathiemangel erst seit ungefähr dreißig Jahren als Symptom einer Störung bewertet wird?«

»Nein«, gab Mania ungern zu.

Kaja löste sich aus der Umklammerung und sah das Kind fragend an, bis es nickte. Dann wandte sie sich wieder dem See zu und tauchte ein. Mania klopfte noch einmal an die Scheibe, bevor sie in der Praxis von Dr. Harz die Augen aufschlug.

»Ich möchte dir von einer Freundin erzählen«, sagte Ruth, ohne auf das Beispiel näher einzugehen. »Nennen wir sie A. A.s Mutter ist schwer depressiv und tablettenabhängig, weshalb A. bei einer Pflegefamilie aufwächst. Dann heiratet die Mutter überraschend und A. wird im Alter von zehn Jahren zurückgeholt. Der Stiefvater ist irgendwie einflussreich, irgendein Intendant. Erst steckt er der Kleinen Pornohefte in ihre Schultasche. Bald muss sie ihn mit der Hand befriedigen. Zwischendrin vertreibt er sich die Zeit damit, Schlüssel in den Müllcontainer zu schmeißen, damit A. in den Dreck steigt und sie sucht.« Ruth machte eine Pause, um das Erzählte auf Mania wirken zu lassen.

»Wegen der Pornohefte und dem Schlüssel?«

»Der Antrieb macht den Unterschied. A.s Stiefvater hat sich bei den Pornoheften vorgestellt, wie sich das für die Kleine anfühlen muss.«

»Hm.«

»Das unterscheidet ihn auch von deinem Täter. Der scheint spontan zu handeln, aus einer Laune, aus einem momentanen Bedürfnis heraus. Der Stiefvater von A. hat den Missbrauch langsam aufgebaut. Mit den Pornoheften beeinflusst er ihre Fantasie. Er fräst sich in ihren Kopf. Genauso wie mit dem Schlüssel. Verstehst du? Ich denke, *das* ist böse.«

Mania verschränkte die Arme vor der Brust und fragte sich kurz, wer wohl diese Freundin war, wollte Ruth aber nicht fragen. Gerne hätte sie Ruth recht gegeben und den Vater von A. für böse gehalten. Aber ebenso schnell, wie die Wut sie erfasst hatte, wich sie einer Abgeklärtheit.

Moralische Kategorien hatten für sie noch nie einen Wert gehabt. Es ging lediglich darum, die Gefahr einzuschätzen, die jemand in einer Gesellschaft darstellte, statt all der demütigenden Gespräche und Versuche, Menschen zu integrieren, die nicht reinpassten, die gefährlich störten.

»Unsere Gesellschaft ist so verlogen und inkonsequent wie ihre Mörder«, sagte Mania. »Der Rand spiegelt immer das Innere.« Ruth sah verwundert zu ihr rüber.

»Niemand sagt zum Beispiel, ein Eisbär sei böse«, fuhr Mania fort. »Solange er sich in der Arktis oder Sibirien herumtreibt, stört er nicht. Würde er sich aber in Städten oder Dörfern zeigen und Menschen reißen, würden Menschen ihn kaltmachen, auch wenn er nicht böse ist.«

Manche Menschen hatten Seiten, die andere lebensgefährlich verletzten, und nicht alle konnten diese Seiten unterdrücken.

»Was ist aus deiner Freundin geworden?«, fragte sie. Ruth seufzte und winkte ab.

»Ich möchte dir noch einen Fall erzählen«, sagte Mania.

»Dann brauche ich eine Zigarette und bald einen Kaffee.«

Mania langte nach dem Tabak.

»Dieses Mal ist die Täterin eine Frau. Hat in den 90er-Jahren in der Schweiz für Aufmerksamkeit gesorgt.« Mania reichte Ruth die Zigarette und drehte eine weitere für sich. »Sie stieg im Alter von neunzehn Jahren mit einer Serie von Brandstiftungen ein: Scheunen, Einfamilienhäuser, Telefonzellen, Müllcontainer, alles Mögliche. Menschen kamen dabei nicht ums Leben. Sie beschrieb es als eine Sucht. Etwas, wogegen sie sich nicht wehren konnte. Ihr Freund, komischerweise ein Polizist, fand es raus und zeigte sie an. Irgendwann war sie wieder frei. In Zürich gab es eine Serie von Frauenmorden, meistens in Parkgaragen oder Parks. Auf die Frauen wurde mehrfach eingestochen. Die Behörden suchten nach einem männlichen Täter.«

»Was sonst.«

»So lange, bis die Frau sich selbst anzeigte. Sie meinte, man müsse sie einsperren, denn sie könne nicht damit aufhören.«

»Und?«, fragte Ruth.

»Sie saß jahrelang in Einzelhaft. Es wurde sogar eine eigene Zelle für sie gebaut, weil sie des Öfteren versucht hatte, Wärterinnen zu töten.«

»Nie Männer?«

»Nein. Sie meinte, dass es sie nie interessiert habe, Männer zu töten.«

»Und du möchtest wissen, ob sie für mich unter böse fällt?«, fragte Ruth.

»Genau.«

»Obwohl sie sich selbst angezeigt hat?«

Mania nickte.

»Ganz offensichtlich eine psychische Störung.«

»Das haben alle.«

»Aber nicht böse«, gab Ruth zu.

Mania hatte nie jemandem erzählt, dass sie Kajas Selbstmord beobachtet hatte. Ob sie deshalb Schuldgefühle habe, fragte Dr. Harz. Mania überlegte kurz und schüttelte schließlich den Kopf, aber überzeugt war sie nicht. Tatsächlich konnte sie nach dem EMDR überhaupt kein Gefühl mehr ausmachen, das sich mit dem Erlebten verband.

»Stell dir vor, dir ist bewusst, dass du selbst für andere Menschen eine tödliche Gefahr darstellst. Aber du kannst nichts dagegen tun. Du weißt, dass diese Welt ohne dich ein besserer, ein schönerer Ort wäre.«

»Blödsinn. Du glaubst, dass sich selbst im Bösen das Gute Bahn bricht. Dass das Bewusstsein an sich gut ist.« Ruth drehte sich zu ihr und sah sie liebevoll und mitleidig an. Mania deutete auf ein Schild, das in zehn Kilometern eine Raststätte mit Kaffee versprach.

»Du kennst doch ›Das Schweigen der Lämmer‹.«

»Wirklich? Hannibal Lector?« Ruth lachte auf.

»Nicht, ob Lector unter böse fällt.«

»Sondern?«

»Ich meine die Serie.«

»Es gibt eine Serie?«

»Ja! Hannibal!«

»Hast du mit deiner Arbeit nicht genug von solchen Sachen?«

»Folgende Ausgangssituation«, erklärte Mania: »Hannibal sitzt hinter Gittern, während ein Serienmörder, der Rote Drache, amerikanische Kleinfamilien niedermetzelt.«

»Lass mich raten: Lector soll bei der Suche nach dem Serienmörder helfen.«

»So clever!« Mania kniff Ruth in die Wange.

»Pass bloß auf, nach der Kaffeepause fährst du weiter.«

»Natürlich ist Hannibal mit seiner Hilfe nicht ehrlich. Er möchte ja, dass der Drache weitermordet. Also warnt er ihn. Der Rote Drache täuscht seinen Selbstmord vor, und als dann herauskommt, dass er noch lebt, lautet Hannibals Kommentar: ›Guter Junge. Selbstmord ist der Feind.‹« Mania wartete einige Sekunden auf Ruths Reaktion. »Verstehst du?«, fügte sie schließlich hinzu.

Ruths Augenbrauen waren hochgezogen, die Stirn in Falten gelegt.

»Ich weiß nicht, Mania.« Ruth setzte den Blinker und fuhr nach rechts auf das Gelände der Tankstelle. »Auch wenn ich verstehe, was du meinst. Es bleibt die Aussage eines fiktiven Kannibalen. Glaubst du denn, Stalin hatte Suizidgedanken?«

»Hitler hat sich umgebracht.«

»Nicht, um der Menschheit einen Gefallen zu tun.«

»Der Unterschied ist, dass Hitler und Stalin davon überzeugt waren, das Richtige zu tun. Und sie wurden darin bestärkt oder, im Fall von Stalin, nicht davon abgehalten.« Ruth drehte den Motor ab und rieb sich die Augen.

»Worauf willst du eigentlich hinaus?«

»Dass Marina nicht böse ist. Dass Marina krank ist. Darauf, dass die Unterscheidung zwischen Gut und Böse keine Rolle spielt. Dass letztlich nur entschieden werden muss, ob eine Krankheit behandelt werden soll und kann oder nicht.«

Für den Bruchteil einer Sekunde ließ Ruth ihren Blick zu Mania gleiten und starrte sie an. Mania wollte ihren letzten Satz zurücknehmen. Sie hatte sich verraten und Ruth hatte begriffen, was sie all die Jahre zuvor geahnt hatte, aber nicht wahrhaben wollte. Jetzt glaubte sie, Bescheid zu wissen. Jetzt verstand sie, dass es nie nur um die Löschung einer Akte gegangen war.

»Er ist nicht tot«, sagte Ruth mit belegter Stimme. »Als ich seine Akte gelöscht habe, war er am Leben.« Mania antwortete nicht. Sie beobachtete, wie ihre Freundin versuchte, das Rätsel zu lösen, und scheiterte.

»Du hast mich benutzt«, stellte Ruth matt fest. »Du hast mich benutzt.«

Dann fügte sie nach einer Pause hinzu: »Und ich verstehe nicht einmal, wie.«

Es gab nichts, das sich schönreden ließe. Ruth hatte recht und Mania wollte ihr erklären, wie sehr sie sie liebte. Sie wollte sagen, dass es ihr leidtat, aber es wäre wieder gelogen. Nichts von dem, was sie getan hatte, tat ihr leid, nur, dass sich Ruth betrogen fühlte, schmerzte sie, und unerwartet sah sie plötzlich Roland K. vor sich.

Er saß in ihrem Büro und klopfte mit Zeige- und Mittelfinger gegen ihren Schreibtisch, während sie eine Notiz machte. »Was schreiben Sie da?«, fragte er in seinem üblichen ausdruckslosen Ton. Mania legte das Klemmbrett mit den Notizen auf den Tisch und Roland K. spähte auf das weiße Blatt, auf dem das Datum und sein Name standen. »Müssen Sie nicht einen Bericht schreiben?«, fragte er. »Ich höre Ihnen zu«, antwortete sie. Er sah zu Boden. Lange sagte er nichts. Mania beobachtete ihn, seine gekrümmte Haltung, und wusste, dass er jeden Moment auszubrechen imstande war, dass seine Gedrücktheit ebenso Fassade war wie ihre therapeutische Haltung.

»Sie hatten gestern Besuch«, sagte sie schließlich.

»Natürlich wissen Sie das«, antwortete er.

»Wäre Ihnen lieber, ich würde mich nicht vor unseren Sitzungen informieren?« Er stöhnte und richtete sich auf. Für den Bruchteil einer Sekunde funkelten seine Augen.

»Meine Mutter«, sagte er. »Sie kommt nur, um mir zu zeigen, wie sehr sie mich verachtet. Ich ekele sie an.« Mania schwieg. »Finden Sie das gut?«, fragte er.

»Ich finde es nachvollziehbar«, sagte Mania.

»Verachten Sie mich?«, fragte er und wieder funkelte es kurz. Mania lehnte sich nach vorne und antwortete ruhig: »Nein. Denn *Sie* sind nicht von dieser Welt.« Er zuckte zusammen und sah sie entgeistert an. Es war die erste Sitzung gewesen, in der sie ihn aus dem Gleichgewicht gebracht hatte.

»Das ist …«, begann Ruth, und Mania schien es, als kämen die Worte ihrer Freundin von einem anderen Ort als den, den sie gerade physisch miteinander teilten. »… als wäre ich all die Jahre vor einem Spiegel gestanden und mein Spiegelbild bist immer du gewesen. Und jetzt trete ich hinter den Spiegel, der nur eine gewöhnliche Scheibe ist. Da stehst du. Einfach du. Ich sehe nur dich. Und du hast nichts mit mir zu tun.«

Mania unterdrückte die Tränen, die ihr in die Augen schossen. Für einen Moment zog sie in Erwägung, Ruth die ganze Wahrheit zu erzählen. Dann malte sie sich das Ausmaß von Ruths Entsetzen aus. Die bloße Vorstellung, wie ihre Freundin sie ansehen würde, ließ sie zusammenfahren. Es war besser, wenn sie nichts sagte.

Gerne hätte sie jetzt ihre Hand auf Ruths gelegt, wagte es aber nicht und schaute stattdessen wieder zum Fenster hinaus, in die Dunkelheit, in der es nichts zu entdecken gab.

6.

Sues Bellen drängte sich in seine Träume. Gleich darauf klopfte es. Zahit riss die Augen auf. Ein Mann mit einem Tuch in der Hand zeigte seine Bereitschaft, die Scheiben zu putzen.

»Haben wir tschechische Kronen?«, überlegte Mania laut und kramte in ihrer Tasche.

»Ich bin sicher, er nimmt auch Euro.« Ruth drehte sich zu Zahit. »Möchtest du einen Kaffee?« Zahit nickte. »Ich muss pissen«, fügte er hinzu.

»Hältst du es bis zum nächsten Parkplatz aus? Die Tankstellen werden oft kontrolliert.« Er nickte erneut und lehnte sich zurück. Der Schlaf hatte ihn ausgenüchtert und seine Panik gemindert. Er streichelte Sues Kopf und überlegte.

Im Augenblick saß er in einem PKW Richtung Warszawa, das in Polen lag, einem Land, über das er nichts wusste, außer, dass es als eines der wenigen europäischen Länder die Aufnahme von Geflüchteten aus Syrien bis auf ungefähr 135 Personen verweigert hatte. »Ka, Ka, Kaczynski«, irgendwie so hieß der Typ. Was um alles in der Welt wollte er dort? Warum hatte er Mania angebettelt, ihn mitzunehmen?

Er erinnerte sich an die Fahrt vor einem Jahr durch Ungarn. Mania und er hatten die ganze Strecke über nicht miteinander gesprochen. Zahit war wie heute auf der Rückbank gelegen, neben ihm kauerten Samira und Can, deren Mutter bei der Überfahrt auf dem Schiff den Verstand verloren hatte und über Bord gesprungen war. Sie schliefen wie versteinert.

Von der Rückbank aus hatte Zahit beobachtet, wie sich Schweiß in Manias Nacken sammelte. Er war sicher, dass sie Angst hatte. Vielleicht bereute sie ihre Entscheidung? Vielleicht würde sie jeden Moment rechts ranfahren und ihre heiße Ware auf die Straße setzen. Für diesen Fall hatte er entschieden, ihr Autoschlüssel und Handy abzunehmen und es mit den zwei Kids alleine zu versuchen. Damals hatte er nicht gewusst, wie stark Mania war. Wie hätte das wohl geendet, hätte er wirklich versucht, Mania einfach k.o. zu schlagen und mit ihrem Auto und den zwei Kids davonzufahren?

Nachdem sie Wien erreicht hatten, die Kinder ihrem Vater übergeben worden waren und Mania Zahit bei Tomek untergebracht hatte, hatte er sich für diese Gedanken geschämt. Mania war in Ungarn die gesamte Strecke durchgefahren, ohne die Geschwindigkeitsbegrenzung zu überschreiten, aber auch ohne den Fuß nur für einen Augenblick vom Gas zu nehmen. Ab und an hatte sie »spooky, so spooky« vor sich hingemurmelt. Sonst nichts. Wahrscheinlich hätte sie bei einer Kontrolle derart eindringlich und penetrant auf die Beamten eingeredet, dass diese Mania weiter hätten fahren lassen, nur um sie wieder loszuwerden. Das konnte sie bestimmt: so lange auf ihr Gegenüber einzureden, bis dieses, von der Masse ihrer Argumente überwältigt, aufgab.

Wie es Samira und Can wohl ging? Ob sie sicher in Stockholm angekommen waren? Nach wenigen Wochen hatte er den Kontakt verloren, er war zu sehr damit beschäftigt gewesen, sich in Wien einzurichten. Angekommen war er bis heute nicht.

Tomek hatte ihm erzählt, dass Mania, sobald sie sich etwas in den Kopf gesetzt hatte, alles dafür tun würde. Sie verfügte über Kräfte, die menschliches Fassungsvermögen und jeglichen Vernunftrahmen weit hinter sich ließen. So sei sie schon als Kind gewesen, behauptete er. Zahit hatte ungläubig gelacht. Jetzt war er überzeugt. Mania würde Tomek finden. Dann wäre alles wieder gut.

Sue schleckte ihm die Finger ab, drehte sich auf den Rücken und wartete darauf, Bauch und Brustkorb gekrault zu bekommen. Wie war es möglich, dass nur wenige Stunden ausreichten, um alles wieder infrage zu stellen? In den letzten Monaten hatte es so gut ausgesehen. Er hatte Spaß gehabt, eine eigene Wohnung, von den Papieren das Nötigste, alle mochten ihn, mit den Frauen lief es gut, die Drogen verkauften sich, auch wenn ihm Tomek diesbezüglich ins Gewissen redete und Zahit bereits nach anderen Jobs Ausschau hielt. Sobald er einen ordentlichen Asylbescheid hatte, konnte er sich um jeden Job bewerben und durch Europa reisen. Er würde seine Eltern in Stockholm besuchen. Bei der Erinnerung an seinen Bruder, der noch in Aleppo war, und an die kleine Linda, die ihm WhatsApp Nachrichten aus Emoticons schickte, zog sich sein Magen zusammen.

Was sollte er denn tun? Er brauchte Geld und legal durfte er nicht arbeiten. Wie waren sie überhaupt auf ihn aufmerksam geworden? Jemand musste ihn verraten haben. Er scrollte durch seine Kontakte und überlegte. Zu einem Großteil der Namen fand er kein Gesicht, konnte keine Begegnung festmachen. Es gab Zeitlöcher, die sich nicht mit Bildern auffüllen ließen. Wer waren all diese Frauen, an die er sich nicht erinnerte, die ihm trotzdem regelmäßig SMS schrieben. Nachrichten, die er meist unbeantwortet ließ. Vielleicht war eine von ihnen zu den Bullen gegangen.

Ungünstig war, dass er in diesem Auto saß. Mania hatte recht gehabt. Er hätte sich in seiner Wohnung einsperren sollen und warten. Nur wegen ihm hatten sie die Flugtickets storniert und den Audi gemietet. Ein schickes, schnelles Auto, aber diese Ruth war ihm suspekt. Ruth. Der Name gefiel ihm nicht. Und Mania schien ihr wie blind zu vertrauen. Das gefiel ihm noch weniger.

Er zog einen Hundekeks aus der Hosentasche und bot ihn Sue an, die ihn sofort hinunterschlang und auf einen weiteren hoffte. Er gab ihr noch einen. Es war peinlich, gemeinsam mit der alten Hündin die Rückbank zu drücken, während zwei Frauen das Auto fuhren. Als wäre er ein Kind, und selbst um pissen zu gehen, musste er um Erlaubnis fragen. Wenn sein Vater ihn so sehen würde, er würde sich schämen.

Fast gleichzeitig wurden die beiden Vordertüren geöffnet. Mania reichte ihm einen Cappuccino und einen Donut. »Danke«, sagte er kurz und biss in den Donut. Sue sah ihn fragend an. Er zeigte ihr als Antwort den Vogel. »Wir müssen da vorne links fahren, um zurück auf die Autobahn zu kommen«, tat er kauend kund. Ruth startete den Wagen und schaltete das GPS ein: »Fahren Sie in 200 Metern links.«

»Seht ihr?«, triumphierte er.

»Danke, Zahit«, sagte Mania und suchte ihren USB-Stick nach Musik ab.

»Hier, du kannst mein Smartphone anschließen«, bot er an, aber Mania sah nicht einmal hoch.

»Wenn du möchtest, kannst du uns ein paar Brote schmieren. Hinter dir liegt die Tasche mit dem Essen.«

»Ja, ich hab Hunger!«, stimmte Ruth ein.

Sie wollten, dass er ihnen Brötchen schmierte?

»Wisst ihr, ich könnte auch fahren. Ich habe einen Führerschein.«

»Wirklich?«, fragte Mania ungläubig. »Zeig her.«

»Nicht dabei. Ist auf der Überfahrt verloren gegangen.«

»Klar«, sagte Ruth. »Verloren gegangen.«

»Hey!«, wandte sich Zahit entrüstet an Mania. »Was ist mit der? Hat sie ein Problem mit mir?«

»Hey!«, antwortete Ruth, noch bevor Mania etwas sagen konnte. »Wer wollte unbedingt mit uns mitfahren? Weswegen sitzen wir zu viert in einem langsamen, stetig mehr nach Hund stinkenden Mietwagen, statt zu zweit in einem Flugzeug? Nein, warte. Statt zu zweit in einem bequemen Hotelzimmer in Warszawa. Nein, warte. Statt zu zweit in einem bequemen Doppelbett, schlafend!« Zahit drückte sich in den Sitz und schob Sue ein Stück von sich weg. Die Hündin hob den Kopf und gähnte.

»Du bist viel kleiner als ich und brauchst die ganze Rückbank!«, keifte er sie an, woraufhin Sue sich streckte und ihre Schnauze auf seinen Oberschenkel legte. »Hast du es ihr erzählt?«, fragte Zahit gereizt.

»Nein, hab ich nicht«, antwortete Mania.

»Was hast du mir schon wieder nicht erzählt?«, fragte Ruth.

»Später. Nicht jetzt«, entgegnete Mania.

»Warum nicht jetzt? Was hast du mir nicht erzählt? Fahre ich hier noch prekärer als ohnehin?«

»Nein, nein«, versuchte Mania, Ruth zu beruhigen. Zahit griff nach der Tasche und zog die Packung Toastbrot heraus.

»Wer möchte ein Sandwich?«

»Ich möchte ein Sandwich!«, rief Mania schnell. Verwundert sah Ruth zu ihr hinüber.

»Und ich möchte wissen, was ich nicht weiß«, beharrte sie.

»Wollen wir das nicht alle?«, sagte Zahit und schmierte Margarine auf das Brot.

»Gleich halte ich an und schmeiß ihn raus«, drohte Ruth. Mania drehte so schnell sie konnte eine Zigarette, während Sue sich auf die Krümel stürzte, die ihr in immer größeren Mengen entgegenrollten.

»Es ist privat«, erklärte Zahit.

»Es ist privat?«, wiederholte Ruth.

»Im weitesten Sinne«, ergänzte Mania, »ist es privat.« Sie zündete die Zigarette an und reichte sie Ruth. Zahit gab Mania das Sandwich. Sie legte es in ihren Schoß.

»Wolltest du nicht auch eines?«, hakte er vorsichtig nach. Es dauerte einen Augenblick, bis Ruth seine Frage mit einem wortlosen Nicken bejahte.

So weit war es also gekommen. Er schmierte Brötchen für zwei Frauen, von denen eine drohte, ihn aus dem Auto zu schmeißen, und die andere, statt ihn zu verteidigen, statt offen auszusprechen, dass er hier das Opfer war, so tat, als wäre *er* der Verbrecher. Was wollten denn alle von ihm? Was hatte er denn falsch gemacht? Warum sollte er sich für irgendetwas schämen?

»Ich habe Drogen verkauft«, sagte er trotzig. »Und jetzt suchen sie nach mir.«

Ruth sagte nichts. Was sollte sie darauf noch sagen? Mania hatte ihr Gesicht dem Fenster zugewandt, als gebe es dort draußen etwas zu sehen. Auch Zahit schwieg nach seinem übereilten Geständnis. Vielleicht warteten beide, dass Ruth etwas sagte, nur würde sie das nicht tun. Keinem von beiden würde sie diesen Gefallen tun. Es war ja nicht zu fassen! Nein, sie würde jetzt nichts sagen. Sie würde schweigen.

Eigentlich brauchte sie sich ja nicht zu wundern. Es handelte sich schließlich um Mania. Alle hatten es ihr immer schon gesagt. Wie skrupellos sie sei. Dass sie vor nichts zurückschreckte. Dass sie, um durchzusetzen, was sich in ihrem Kopf zu einer fixen Idee entwickelt hatte, alles und jeden hintergehen könnte. So war es auch in den Gruppen gewesen, in denen sie nach ihrer ersten Begegnung gemeinsam Demonstrationen organisiert hatten.

Mania fuhr immer den ersten Demo-Bus, den, der die Route bestimmte, und nicht nur einmal bog sie plötzlich in eine Straße ab, die nicht auf der abgesprochenen Demoroute lag. Die Menschen folgten ihr, Seitenstraßen füllten sich mit Demo-Wannen, aus denen gepanzerte Robocops sprangen, ihre behandschuhten Hände griffbereit auf den Schlagstöcken. Einmal, an einem Donnerstag im Winter, die Stimmung war aufgeheizt, etliche Schneebälle mit Steinen darin waren auf Polizisten geworfen worden, zogen sie Mania aus dem Bus. Ruth stand so nah, dass sie ihn hören konnte, den hageren, alten Wega-Polizisten. »Du schon wieder!«, schrie er Mania ins Gesicht, und es folgte ein Schlag und noch einer. Blut quoll aus ihrer Nase. Ruth wollte sich durch die drei anderen Polizisten zu Mania durchdrängen, doch dann drang Manias Lachen zu ihr. Sie lachte dem Polizisten ins Gesicht und bekam noch eine gescheuert und lachte weiter. Es war ein grelles, wahnsinniges Lachen gewesen, das Ruth bis in die Knochen fuhr und das sie jetzt noch hören konnte.

Die halbe Nacht verbrachte Ruth mit anderen vor der Polizeistation und wartete, bis Mania aus dem Gebäude trat, die Augen zu dunklen Schlitzen gequetscht, aber noch immer ein Grinsen auf den Lippen.

Später vermutete Ruth, dass sie nur geübt hatte. Dass sie sich damit abhärten wollte. Denn alle ihre Eskapaden endeten, als sie ihr Diplom in Psychologie erhielt, ihre Therapeutinnenausbildung anfing und auf eine freie Stelle in Moabit zu warten begann. Währenddessen säuberte Ruth Manias Polizeiakte.

Sie nie ernsthaft zu hinterfragen, war vielleicht die einzige Möglichkeit, um sie so sehr zu lieben. Vielleicht war das die einzige Möglichkeit, irgendjemanden wirklich zu lieben. Sie wusste es nicht. Aber die Bedingungslosigkeit, mit der sie es bisher getan hatte, war mit der Ahnung über die wahren Hintergründe des Projekts Roland K. zerbrochen. Auch wenn sie noch nicht verstand, warum gerade jetzt, warum gerade deshalb, und wahrscheinlich hatte Mania auch für diesen Fall eine Erklärung. Wahrscheinlich könnte Ruth sogar Manias Logik folgen. Es war auch logisch, dass ihr Mania nichts von Zahits Dealerei erzählt hatte. Trotzdem wehrte sich zum ersten Mal etwas in Ruth. Eine Schranke schob sich zwischen sie und ihre engste Freundin und sie spürte Distanz. Eine Distanz, die schmerzte und gleichzeitig einen Raum aufmachte, der nur ihr gehörte und den sie, nachdem sie ihn wahrgenommen hatte, nicht wieder hergeben wollte.

Tomek hatte Marina in seinen Kopf gelassen. Jetzt musste er versuchen, sich zu erinnern, wo sie endete und er begann. Ruth hatte Mania in ihre Seele gelassen, an einen Ort, an dem es keinen Anfang und kein Ende und keine Zeit gab. Jetzt richtete sie sich in ihrer Seele einen geheimen Bunker ein, einen Safe, zu dem Mania keinen Zugang bekam.

»Was ist das?«, fragte Zahit erstaunt, als Mania die Mappe mit Notizen aufschlug. Im selben Moment erinnerte sie sich schuldbewusst daran, dass sie ihm nicht davon erzählt hatte. Sie drehte sich zu ihm und sah dabei Ruths Gesichtsausdruck. Augen, die scheinbar ruhig auf der Straße lagen. Nichts gab ihr darüber Auskunft, wo sich ihre Freundin in Gedanken befand, doch die vielen Jahre, die sie verbanden, gaben Mania die Gewissheit, dass alle Informationen in Ruth verarbeitet wurden und sich irgendwann zu Konsequenzen formen würden. Wahrscheinlich überlegte sie, wann sie wo ins Netz gehen konnte, um mehr über die Geschehnisse in der JVA zu erfahren. Wenn sie es herausfand, wollte Mania nicht in ihrer Nähe sein.

»Ich habe es in seinem Bücherregal gefunden«, erklärte sie Zahit. Er schnaubte und vergrub die Finger in Sues Fell, sodass die Hündin den Kopf hob und ihn fragend ansah.

»Es sind kurze Notizen, über ihre Beziehung, über Marinas Krankheit.« Ruth lachte auf.

»Die Depression?«, fragte Zahit verwirrt.

Mania nickte.

»Aufzeichnungen über eine Psychopathin!«, korrigierte Ruth. Mania beobachtete Zahits Gesichtszüge, in denen sich Erleichterung und Ärger abwechselten. Er war froh, dass nicht weiter über seine Probleme gesprochen wurde. Dafür musste er jetzt hinnehmen, hintergangen worden zu sein. Womöglich, überlegte er, hatte sie noch andere Sachen in der Wohnung gefunden, er entschied sich aber, nicht nachzuhaken.

»Habt ihr alles gelesen?«, fragte er gefasst.

»Nicht ganz«, antwortete Mania vorsichtig. »Ich könnte laut weiterlesen und das vorher kurz zusammenfassen«, sagte sie so versöhnlich, wie sie mit ihren Patienten sprach, wenn sie etwas falsch gemacht hatte. Ruhig bleiben, wenn ein Patient Wut, auch berechtigte Wut, zeigt, bis er das Gefühl hat, derjenige zu sein, der sich unangemessen verhält. Es funktionierte nicht immer. Diejenigen, die seit ihrer Jugend im System erfasst waren, durchschauten therapeutische Manipulationen intuitiv. Aber es funktionierte bei Zahit. Er lehnte sich zurück und streichelte der Hündin über den Kopf.

Mania sah zu Ruth. Sie wollte, dass Ruth ihr ein Zeichen gab, ein Lächeln oder die Aufforderung, ihr eine Zigarette zu drehen, etwas, das Mania Hoffnung machte, dass nicht alles verloren war. Aber Ruth starrte nur auf die Straße. Also konzentrierte sich Mania auf das Vorlesen.

Sie zu riechen, ist der Himmel. Es ist die Rückkehr ins Paradies. Sie zu riechen, bedeutet nichts anderes mehr zu hören, zu sehen, zu schmecken. Ich versinke darin und komme an, gehöre hierher, zu ihr.

Inzwischen verschließe ich mein Gedächtnis: Sie beginnt zu schreien, und eine Wattewand schiebt sich zwischen ihre Stimme und mein Gehör. Danach folgt eine zermürbende Stille.

Als ich nach der Rechnung frage, sagt sie nur: Ich warte draußen. Kurz darauf verlasse ich das Restaurant. Sie ist nicht da. Erst denke ich, etwas falsch verstanden oder nicht gehört zu haben. Vielleicht: ich warte ums Eck, oder: ich muss noch auf die Toilette, oder: ich gehe schon vor zur Straßenbahn. Deshalb drehe ich um, zurück in das Restaurant, und warte ein paar Minuten vor der Damentoilette. Frauen kommen und gehen. Keine Marina. Ich verlasse das Restaurant, laufe um den Block, schließlich zur Straßenbahn. Sie ist nirgends. Wien wird der Schauplatz unendlich vieler möglicher Verbrechen. Ich schreibe ihr SMS. Fünfzig. Keine Antwort. Als ich zu Hause ankomme, ist sie nicht da. Mitten in der Nacht höre ich, wie die Tür aufgesperrt wird. Sue bellt nicht. Es ist Marina. Sie kommt nicht ins Bett, schläft auf der Couch. In der Früh packt sie einen kleinen Koffer und geht. Es ist ja nichts dabei. Aber inzwischen verflüchtigt sich das Zittern nicht mehr. Es begleitet jede meiner Bewegungen. Die Vorstellung, dass sie nicht zurückkommt. Dass mir ihr Geruch auf immer verloren ist.

Mania würde kämpfen.

Den letzten Satz las Mania nicht laut vor. »Das ist ja furchtbar«, sagte Zahit.

»Ja, furchtbar«, stimmte Ruth mit belegter Stimme zu und fragte: »Drehst du die für mich?« Mania reichte ihr kommentarlos eine Zigarette und gab ihr Feuer. Ruth nahm einen tiefen Zug und legte die Stirn in Falten, was sie, wie Mania immer wieder feststellte, besonders klug aussehen ließ.

»Warum sind sie nach Warschau gefahren?«, fragte Ruth laut.

»Hast du eine Theorie?«, fragte Mania zurück.

»Ich glaube, Sue muss mal. Wir sollten beim nächsten Parkplatz raus«, meldete sich Zahit.

Tomeks letzter Satz löste bei Mania eine plötzliche Flut von Erinnerungen aus, die mit der Zeit nach Kajas Verschwinden einsetzten. Nachdem Tomeks Vater das Haus verkauft hatte und mit Tomek weggezogen war und Mania und Tomek einander nur noch in der Schule begegneten, nicht mehr auf dem Weg dorthin und zurück nach Hause, und als in der Schule die Sache passierte, über die niemand sprach und wegen der Tomek und sie zur Psychologin geschickt wurden, die Sache, vor der Mania Tomek beschützen hätte sollen, es aber nicht getan hatte, und an die sie sich jetzt, mehr als zwei Jahrzehnte später, noch ganz genau erinnerte.

Nicht einmal Frau Dr. Harz hatte sie davon erzählt, von dem Spielplatz hinter dem Schulhof, dem Häuschen, in das man hinaufklettern konnte, und dem älteren Jungen. Dabei spürte sie, wie das Blut aus ihrem Gesicht wich und ihre Stirn kalt wurde. Die Bilder verbanden sich mit der Aufgabe, der sie seither gefolgt war.

Seit drei Jahren arbeitete sich Mania in der Justizvollzugsanstalt Moabit langsam zu dem Jungen vor, der heute ein Mann war. Akribisch, jahrelang, hatte sie alles geplant. Für Tomek, den sie damals alleine mit dem Jungen in das Häuschen klettern ließ. Alle Bilder und Gefühle jenes Tages hatte sie weggesperrt, nur der Name des Jungen war geblieben und das Wissen um ihre eigene und Tomeks Geschichte. Die Bilder und Gefühle kehrten jetzt schlagartig zurück und überfluteten sie. Jahr für Jahr hatte sie den Namen aus einem Tagebuch ins nächste übertragen, ohne darüber nachzudenken, zu wem er gehörte, nur dem Instinkt folgend: Sie durfte diesen Namen niemals vergessen. Die Zeit würde kommen. Sie würde sich auf die Suche nach ihm begeben und sie würde ihn finden. Sie würde tun, was getan werden musste. Danach würde sie die Bilder freilassen und ihnen eine Sprache schenken. Sie hatte gedacht, dass *sie* es bestimmen würde. Sie hatte geglaubt, die Kontrolle darüber zu haben.

Jetzt krümmte sie sich innerlich vor Schmerz und Schuldgefühlen. Sie roch plötzlich das Deo des Jungen. Es war CK One gewesen. Einst hatte sie sich bei dem Geruch übergeben.

Wie alt war er damals gewesen? Fünfzehn? Sechzehn? Siebzehn? Sie kannte doch sein Alter. Im Gefängnis war sie sofort an seine Akte gekommen. Tomek war nicht sein erstes und auch nicht sein letztes Opfer gewesen. Der Junge hatte früh begonnen, und säße er jetzt nicht im Gefängnis, er hätte wahrscheinlich nie aufgehört. Sie hörte seine Stimme. »Eine Sache nur zwischen Jungs«, hatte er damals gesagt, und Mania, beschämt und erleichtert darüber, nicht dazuzugehören, hatte sich abgewandt und Tomek mit dem älteren Jungen in das Häuschen klettern lassen.

Ein paar Mal rief sie hinauf, vielleicht auch nicht, vielleicht fügte sie dieses Detail im Nachhinein dazu. Dann kam der ältere Junge wieder hinunter. Alleine. Er grinste Mania an und legte verschwörerisch seinen Zeigefinger auf die Lippen. Sie schloss die Augen und hörte das »Schhhhh«. Sobald er außer Sichtweite war, kletterte sie die Leiter hinauf.

In ihrer Erinnerung war die Leiter unendlich hoch. Als sie zehn Jahre später an einem Sommertag wie zufällig mit Sue in den Weinbergen hinter dem Schulgelände spazieren ging, sah sie, dass die Leiter nur fünf Sprossen zählte. Fünf Sprossen gen Himmel. Fünf Sprossen näher zu Gott.

Tomek hatte Tränen in den Augen, die er wegwischte, als Mania das Häuschen betrat. »Was?«, fragte sie und Tomek erzählte. Sie hörte seine Stimme, und selbst mit dem Abstand der Erwachsenen, die sie heute war, löste die Beschreibung Übelkeit in ihr aus. Es war das einzige Mal gewesen, dass er darüber gesprochen hatte. Am Ende von Tomeks Bericht beschloss Mania: Wir müssen es den Eltern sagen. Tomek nickte schwach und meinte damit: Mach du das.

Mania ging automatisch zu ihrer Mutter. Sie erzählte alles genau so, wie Tomek es erzählt hatte. Danach erzählte sie es der Polizei und dem Direktor und der Klassenlehrerin. Wieder und wieder beschrieb sie den älteren Jungen, half dabei, ein Profilbild anzufertigen, während Tomek schwieg.

An dem Tag, an dem ihre Mutter Mania auf ihren Schoß setzte, ihr von der Festnahme erzählte und dabei zum ersten Mal den Namen des Jungen erwähnte, geschah etwas Seltsames. Als wäre sie nicht sie selbst, glitt Mania vom Schoß ihrer Mutter. Sie ging in ihr Zimmer und schrieb den Namen in ihr Tagebuch. Dann fuhr sie mit dem Fahrrad zur Schule und ging zu dem Häuschen auf dem Spielplatz. Sie kletterte hinauf, setzte sich in die Mitte und zog die Knie an die Brust. Dann schloss sie die Augen und ließ alle Bilder jenes Tages noch einmal durch ihren Kopf laufen, bis zu dem letzten, furchtbarsten Bild, dem grinsenden Gesicht des älteren Jungen mit dem Zeigefinger über dem Mund und dem »Schhhh«, das zwischen den Lippen hervorzischte.

Um das letzte Bild schuf sie eine Glaskugel und trug sie in das Zimmer mit dem langen Wandschrank, das es gab, seit Mania fünf Jahre alt war. Damals hatte sie es zum ersten Mal betreten. Der Wandschrank hatte hundert gleich große abschließbare Kästchen. Die meisten Kästchen standen offen. Sie legte die Kugel in eines der Kästchen und schloss es ab. Mit dem Schlüssel fuhr sie zu ihrem und Tomeks und Kajas See und warf ihn hinein.

Nun war ihr Kästchen aufgebrochen, und nachdem die Bilderflut alle Gefühle angespült hatte, erfasste Mania Traurigkeit und ein großes Bedauern.

»Ich kann nicht weiterlesen«, sagte sie und schlug die

Notizen zu. »Soll ich und du fährst?«, fragte Ruth, aber Mania antwortete nicht.

Ruth schaltete das Radio an. Ein österreichischer Sender drängte sich durch. Dann fuhr sie beim nächsten Parkplatzschild ab. Sobald der PKW zum Stehen kam, sprang Zahit hinaus und in ein Gebüsch. Sue gähnte, streckte sich auf der Rückbank und folgte ihm gemächlich. Bevor Mania es ihnen gleichtun konnte, nahm Ruth ihre Hand, führte sie an ihre Lippen und küsste sie. »Ich bleibe bei dir, solange es dauert, Tomek zu finden. Ich verspreche es.«

»Das ist gut«, antwortete Mania matt und drückte Ruths Finger. »Das ist wirklich gut«, wiederholte sie und stieg aus. Ruth blieb noch sitzen. *Es ist Halbzeit im chinesischen Jahr des roten Affen,* hörte sie die Radiosprecherin sagen, *eine solche Kombination gab es zuletzt 1956. Und?,* fragte ihr Kollege amüsiert. *Keine Ahnung,* lachte die Radiosprecherin und Ruth lachte kurz mit.

7.

Zahit hüpfte vor dem Auto herum und schlug ein paar Räder. Das schien Sue zu verwirren, und sie schnappte nach seinem Hosenbein, um ihn davon abzuhalten, weitere unvorhersehbare Bewegungen zu machen.

»Ich mag ihn«, erklärte Mania beobachtend.

»Ich weiß«, sagte Ruth und fügte hinzu: »Aber das mit dem Dealen.«

»Hilfe, Hilfe!«, rief Zahit und lachte. Er hatte Sue erlaubt, seinen Jackenärmel zu schnappen, sodass die Hündin, die ganz und gar im Spiel aufging, knurrend daran zerrte, während Zahit dagegenhielt und Sue schließlich an dem Ärmel hochzog, bis das Tier in der Luft hing, noch immer knurrend, und stur nicht aufgab. Mania und Ruth lachten.

»Hey!«, rief Ruth. »Das arme Tier!« Zahit stellte Sue wieder auf die Pfoten zurück. Mania packte die Hündin sanft von hinten und biss ihr zärtlich in den Hals. Verwirrt ließ Sue den malträtierten Ärmel los, schleckte Mania ab und verzog sich ins Gebüsch. Mania grinste ihr nach.

»Sollen wir weiterfahren?«, fragte Ruth und warf ihr den Schlüssel zu.

»Gleich sind wir an der polnischen Grenze.«

Polen, dachte Mania, Polnisch, ihre Sprache, die Sprache ihrer Kindheit, ihrer Eltern, ihre und Tomeks Sprache, ihre und Kajas Sprache, diese weiche, slawische Sprache, die Mania bald einhüllen würde, wie der Sommerwind es in den Nächten tat, in denen man keine Decke, nicht einmal ein Leintuch zum Schlafen braucht. Sie stiegen ein und fuhren los. Ruth schlug Tomeks Notizen auf und las laut vor.

Ich möchte sie anketten, um diese Verzweiflung, diese schwelende Unsicherheit, in die sie mich treibt, ein für alle Mal zu beenden. Als wäre sie imstande, diese Sehnsucht in den Bewegungen meines Körpers zu lesen, sagt sie: »Wir werden in Warschau ein Verlies bauen.« Ich nehme es nicht ernst. Dann fügt sie hinzu: »Du hast mir von einem verlassenen Haus erzählt. Wie du gemeinsam mit Mania dort eingestiegen bist und ihr die Falltür in den Keller gefunden habt. Erinnerst du dich?« Natürlich erinnere ich mich. »Das Haus steht noch immer leer«, sagt sie und lächelt. »Die Besitzer sind eine Gruppe von Erben, die sich nicht einigen können.«

Ich versuche, meine Gedanken vor ihr zu verbergen, aber Marina besitzt einen Sinn für jeden Versuch ihrer Umgebung, sich zurückzuziehen, und einen besonders empfindsamen für meine Versuche. Sie ist eine Shing. In der »Stadt der Illusionen« haben die Shing die Menschen unterworfen, weil es ihnen möglich war, trotz telepathischer Kommunikation zu lügen, was die Menschen nicht konnten. Telepathische Kommunikation hatte Lügen bislang ausgeschlossen. Vielleicht ist Marina eine Shing, und ich muss sie vernichten, um die Menschheit zu retten.

Es war so still im Wagen, dass Sue sich irritiert aufsetzte. Jetzt wussten sie, warum Marina und Tomek nach Warschau gefahren waren.

Kurz nachdem sie die ehemalige Grenze zwischen Tschechien und Polen überquert hatten, fuhr Mania von der Autobahn ab und lenkte Richtung Gliwice. Als sie vor einem Hotel parkte, sah Ruth sie erstaunt an. Sue presste ihre Schnauze gegen die Fensterscheibe. »Ich kann nicht mehr«, erklärte Mania.

»Soll ich weiterfahren?«

»Nein. Ich brauche eine Pause, von der Straße, von Tomek, von euch.«

»Mach doch, was du willst«, sagte Zahit und schloss dem Satz sofort ein »entschuldige, entschuldige« an.

»Möchtest du Sue bei dir behalten?«, fragte Ruth. Mania nickte. »Geh schon rein und check für dich und Sue ein Zimmer. Ich besorge eines für Zahit und mich.«

»Wie soll das gehen?«

»Lass das meine Sorge sein«, antwortete Ruth und zog das Tablet aus ihrem Rucksack. Mania ließ Sue auf den Hotelparkplatz springen und hob den Rollkoffer aus dem Auto. Die Nacht war sternenklar und lau, etwas kälter als in Wien.

Es war ein Ibis Budget, das nicht aussah wie ein Ibis Budget, mit Lounge und einer Bar, die Mania auf dem Weg in ihr Zimmer aus dem Augenwinkel wahrnahm und zu der sie, nachdem sie Sue und ihr Gepäck in ihr Zimmer gebracht hatte, zurückwollte, um einen und vielleicht auch noch einen zweiten Mojito zu trinken. Ein guter Mojito war, was sie jetzt wirklich brauchte.

Sue sah Mania bestürzt an, als diese aufmachte, das Zimmer wieder zu verlassen. »Bin gleich zurück«, erklärte Mania. »Du bleibst hier und bewachst unsere Sachen.« Dabei deutete sie auf Rucksack und Rollkoffer, woraufhin sich Sue pflichtbewusst vor die zwei Gepäckstücke legte.

»Ein Mojito«, überlegte Mania laut, während sie in den Aufzug stieg, und bemerkte dabei nicht, dass außer ihr noch jemand im Aufzug war.

Erst viel später, als sie die gesamte Fahrt und auch die Stunden im Ibis Budget Revue passieren ließ, fiel ihr die Frau ein, die neben ihr im Aufzug gestanden hatte und mit der sie kurz darauf in der Bar mehrere Gin Gimlet trank.

Die Decke des Aufzugs war mit Stuck verziert – vergoldete Engelskinder mit Posaunen –, das Gitter vor der Tür war ebenfalls vergoldet. Im Nachhinein erinnerte sie die gesamte Ausstattung des Hotels an Wes Andersons Grand Budapest Hotel, doch sie misstraute ihrem Gedächtnis.

Die Frau trug ein eng anliegendes schwarzes Kleid, das knapp über ihren Knien endete und so, wie es sich über ihren Körper legte, aus Satin oder Seide sein musste. Ihre Haut war solariumgebräunt, Sommersprossen drängten sich durch das Make-up. Das Rot des Lippenstifts passte zum Glanz des Kleides. Sie sah nicht aus, als wäre sie auf der Durchreise, sondern als gehörte sie zum Inventar. Mit einem Rattern kam der Aufzug zum Stehen.

An der Bar setzte sie sich neben Mania. »Was trinkst du?«, fragte sie auf Polnisch mit der Vertrautheit alter Bekannter und einem Akzent, der Mania überraschte, weil sie Akzente nur im Deutschen, aber nicht im Polnischen gewohnt war. Mania wollte fragen, woher sie kam, sagte stattdessen: »Gin Gimlet« und wunderte sich, weil sie ursprünglich einen Mojito gewollt hatte. »Da mach ich mit«, erklärte die Frau, und: »Ich heiße Oksana.« Aus der Ukraine, dachte Mania und schmunzelte. Die polnischen Sexarbeiterinnen gingen nach Deutschland, und in Polen zogen die Ukrainerinnen nach. »Mania«, erwiderte sie.

»Dein Akzent«, fragte Oksana, »wo kommt der her?« Die zwei Cocktails standen plötzlich vor ihnen, ohne dass Mania sich erinnern konnte, etwas bestellt zu haben. Sie hoben die Gläser und stießen an. Mania beschloss, nicht auf Oksanas Frage einzugehen.

»Wohnst du hier?«, fragte sie stattdessen. »Manchmal«, antwortete Oksana. Mania sah sich um. An einem Tisch saß ein Ehepaar um die sechzig bei zwei Gläsern Wein und einer Schale Erdnüsse. An der Bar waren nur sie beide. »Wenige Gäste.«

»Manchmal braucht man Feiertage.« Mania nickte und nahm einen großen Schluck. Nach einer unbestimmten Anzahl Drinks wachte Mania in einem – nicht ihrem, weil Sue nicht da war – Hotelzimmer auf. Sie stöhnte und öffnete die Augen. Für einige Momente musste sie das Bewusstsein verloren haben. Sie sah in ein Gesicht mit vielen Sommersprossen und fein geschwungenen Lippen, die sie verschmitzt und zärtlich anlächelten.

»Magst du das?«, fragte die Frau, und Mania stöhnte erneut. Die Frau lag zwischen Manias Beinen und hatte mehrere – das war sicher – Finger in Mania vergraben, Finger, die sich in alle Richtungen bewegten, wohltuende Wellen durch Manias Körper jagten und es Mania noch schwerer machte, sich zu erinnern, wie sie in diese Lage überhaupt erst gekommen war.

Die Haare fielen der Frau schwarz und lockig und kurz ins Gesicht. Ihr Kopf schien im Vergleich zum Rest ihres Körpers recht groß. Oksana, erinnerte sich Mania und strich ihr über den Rücken, versuchte, ihre Haut zu fassen und merkte dabei, wie dünn die Frau war. Sie fuhr die Rippen hinab und umfasste die Pobacken.

Das Kneten der Pobacken schien Oksana zu gefallen. Sie sank über Mania zusammen und biss ihr ins Ohr. »Wie alt bist du?«, fragte Mania und manövrierte sich aus der unteren Position heraus, um Oksana von oben zu betrachten. Erstaunen blitzte in Oksanas Augen auf, wobei Mania nicht einschätzen konnte, ob es dem abrupten Positionswechsel oder der Frage galt. Warum hatte Mania das gefragt? Sie spürte, wie der Alkohol in ihren Schläfen pochte. Oksanas Schultern waren kantig und ihre Brüste klein und prall. Mania biss vorsichtig hinein. »Alt genug«, antwortete sie. »Alt genug«, wiederholte Mania und dachte, dass Oksana sich mit diesem Job wahrscheinlich ein Studium finanzierte. Sie arbeitete sich küssend zu Oksanas Oberschenkeln hinunter. Erst jetzt fiel ihr auf, wie gut Oksana roch, dass ihr Geruch etwas Betörendes, beinahe Verhextes hatte. Wann hatte zuletzt jemand so gut gerochen, oder war es doch der Alkohol, der ihr Wahrnehmungsvermögen trübte? Mania konnte sich nicht entscheiden und beschloss, dass es schlichtweg egal war, denn hier und jetzt war Oksanas Geruch.

Down the rabbit hole, dachte Mania noch und drehte sich in dem Zimmer mit den vielen Türen im Kreis, bis ihr schwindelig wurde und sie zwischen Oksanas Schenkeln einschlief.

Irgendwann blinzelte sie, den Kopf auf Oksanas Bauch gebettet. Ihre Wange war nass, und rund um Oksanas Bauchnabel hatte ihr Speichel eine kleine Pfütze gebildet. Mania versuchte sich aufzurichten. In ihrem Kopf dröhnte es vor Schmerz und sie fiel mit dem Gesicht zurück in die Pfütze. Finger tapsten auf ihrem Kopf herum wie auf dem eines Hundes, und durch den Schmerz hindurch erinnerte sich Mania an Sue und war schlagartig wach und auf den Beinen.

Oksana blinzelte sie verschlafen an. »Już idziesz?«, fragte sie. Bei dem Klang der polnischen Worte erstarrte Mania. Plötzlich kam sie sich seltsam pervers vor. Noch nie hatte sie mit einer Frau geschlafen, die polnisch sprach.

»Was ist?«, fragte Oksana, jetzt mit einem unsicheren Blick in den Augen. »Nichts«, antwortete Mania automatisch. »Nichts. Ich muss gehen.« Halb angezogen torkelte sie im Dunkeln aus dem Zimmer, merkte, dass sie die Jacke, in der sich ihre Zimmerkarte befand, vergessen hatte, und musste wieder anklopfen. Oksana öffnete und reichte ihr kommentarlos die Jacke. »Danke«, sagte Mania verlegen und sah Oksana fragend an. »Nicht bei Frauen«, antwortete Oksana. »Wohin fährst du?«

»Warschau. Meine Hündin wartet.« Oksana nickte und ein Lächeln huschte über ihr Gesicht, das Mania weich erwiderte.

Ruth spürte, wie Zahit von der Rückbank aus auf ihr Tablet

starrte. Sie fühlte seinen Atem in ihrem Nacken. »Was machst du?«, rang er sich schließlich durch zu fragen.

»Ich sehe mir den Gebäudeplan an, um ein Zimmer in der Nähe des Notausgangs zu buchen.«

»Aha?«

»Damit ich dich unauffällig hineinlassen kann.«

»Ach so.« Sie hielt ihm das Tablet hin und zeigte auf das Zimmer, in das sie sich eingecheckt hatte. Der Notausgang befand sich direkt daneben auf der Rückseite des Gebäudes. »Ich gehe noch ein wenig spazieren«, sagte Zahit.

»Sims mich einfach an, sobald du reinmöchtest. Ich bin noch nicht müde.«

»Okidoki.«

Ruth sah ihm nach. »Okidoki?« Sie ließ das Tablet sinken und starrte ins Leere. »Okidoki«, wiederholte sie und stieg aus dem Wagen. Auf dem Weg in ihr Zimmer machte sie einen Abstecher zur Bar und bestellte einen White Russian. Dort beobachtete sie Mania, ohne dass die sie bemerkte, im Gespräch mit einer jungen Sexarbeiterin. Mania hatte bereits einige leere Cocktailgläser neben sich stehen, und Ruth rechnete sich aus, dass die Frau mit den schwarzen Locken Mania jeden Moment auf ihr Zimmer mitnehmen würde. Schon waren sie weg.

Der Barkeeper mit der Hasenscharte stellte ein Glas mit beiger Flüssigkeit vor Ruth und grinste. »Co to?«, fragte Ruth und zappte vergeblich nach weiteren polnischen Vokabeln durch ihr Gehirn. »White Russian?«, antwortete der Barkeeper und zuckte entschuldigend mit den Schultern. »That's a milk shake«, protestierte Ruth, woraufhin der Barkeeper nur ein »No english« hervorstieß. »Das glaubst du ja selbst nicht, dass ich dir glaube, dass du kein Englisch sprichst. Dafür bist du viel zu jung«, sagte Ruth, mehr zu sich selbst als zu dem Mann, aber sie sprach es laut aus, und die Miene des Barkeepers verfinsterte sich.

»Deutsche, czy co?«

»Nie, żydowka«, antwortete Ruth prompt und ohne nachzudenken und biss sich im selben Augenblick auf die Lippe.

»Ten Euro«, forderte jetzt der Barkeeper, aus dessen Stimme jede Note Freundlichkeit gewichen war, seit er erfahren hatte, dass Ruth Jüdin war.

»Ten Euro for this milk shake?« Ruth zeigte abschätzig auf das Glas. Die Augen des Barkeepers leuchteten kampflustig auf.

»Ten Euro or I call police.«

Ruth überlegte.

»Money, money«, flüsterte der Barkeeper und rieb, seine Worte unterstreichend, Daumen und Zeigefinger aufeinander.

Ruth dachte an Zahit und seinen Aufenthaltsstatus, an ihre Weiterfahrt, und zum Schluss an ihre jüdischen Großeltern, die 1968 während der großen »Ausreisewelle« mit ihrer Tochter von Krakau nach Wien gezogen waren. Kommentarlos legte sie einen Zehn-Euro-Schein auf den Tresen und trank den Milchshake in einem Zug leer. Der Barkeeper sah sie nicht mehr an, und Ruth sagte auch nichts mehr, sondern schlenderte mit ihrem Rollkoffer Richtung Zimmer. An Wodka hatte er bei dem Milchshake zumindest nicht gespart, und sie merkte, wie ihre Gedanken leichter und lichter wurden. Eine

Mischung aus Wachheit und Entspannung durchdrang ihren Körper, und als sie das Zimmer betrat, hörte sie den SMS-Ton ihres Smartphones, ging ohne nachzusehen zum Notausgang und machte Zahit die Tür auf. »Du hast etwas getrunken?«, fragte Zahit, nachdem er an ihr vorbei ins Zimmer geeilt war. Ruth nickte.

»Aber ich kann nicht zurück zur Bar. Der Barkeeper ist ein Antisemit«, erklärte sie. Zahit verdrehte die Augen. »Glaubst du mir nicht?«, fragte Ruth und steuerte zielstrebig auf die Minibar zu. »Ist auch egal, denn hier haben wir Wodka und Cola und sogar Gin.« Zahit deutete auf den Wodka, und Ruth mischte ihnen zwei Wodka-Cola und warf ein paar Eiswürfel in die Drinks. »Was habt ihr Juden bloß?«, setzte Zahit an und unterbrach sich für einen Schluck. »Immer glaubt ihr, die Welt sei hinter euch her.«

»Etwas, das wir mit den Polen gemeinsam haben«, ergänzte Ruth und stieß mit Zahit an.

»Nur, dass die Polen nicht im Besitz des Weltkapitals sind«, provozierte er.

»True. Das Weltkapital aka jüdisches Kapital liegt auf der Weltbank, und wann immer ein Jude etwas braucht, nimmt er sich einfach. Denn das jüdische WELTKAPITAL ist obendrein kommunistisch. Und vom Kommunismus haben wir ja gelernt: Der ist für alle da. Na zdrowje.« Ruth mischte einen weiteren Drink und ließ sich auf das Doppelbett fallen. Zahit ging zum Fenster. »Sprichst du Polnisch?«, fragte er.

»Ein wenig«, antwortete Ruth. »Meine Großeltern waren Polen. Sie sind Ende der 60er-Jahre nach Österreich ausgewandert. Na ja, sie wurden eher ausgewandert. Meine Eltern haben einander später im Eingangsraum der jüdischen Kultusgemeinde in Wien kennengelernt. Meine Mutter hat noch polnisch gesprochen und mir und meiner Schwester ein bisschen beigebracht. Aber mein Vater wollte nicht, dass wir Polnisch lernen. Warum erzähle ich dir das?«, unterbrach sie sich.

»Keine Ahnung«, antwortete Zahit, »ich weiß nur, dass ihr euch mitten in meinem Land breitmacht.«

»Wusste nicht, dass Israel in Syrien liegt. Außerdem war ich noch nie in Israel, so viel zu ›ihr‹ und ›mein Land‹.«

»Was auch immer«, wehrte Zahit ab, und Ruth ärgerte sich, dass er das Gespräch einfach so beendete.

»Bist du gläubig?«, fragte sie ihn schließlich.

»Nein«, antwortete er und leerte sein Glas. »Möchtest du auch noch einen?« Ruth schüttelte den Kopf. »Ehrlich«, fuhr Zahit fort, während er mit dem Rücken zu Ruth sein Wodka-Cola mischte. »Es ist mir egal, dass du Jüdin bist.«

»Großzügig.«

»Du weißt, wie ich es meine.«

»Nein«, widersprach Ruth. »Wie meinst du es denn?« Zahit nahm einen großen Schluck von dem Getränk.

»Dieser ganze Religionsscheiß, er kotzt mich an. Dieser ganze Rassismus, er kotzt mich an. Warum können wir nicht einfach eine gute Zeit miteinander haben? Warum machen es sich alle so kompliziert?« Ruth lachte auf. Aber auch sie wünschte sich manchmal, alles zu vergessen – ein geschichtsloses Blatt zu sein. Sie wollte all die Grausamkeiten, die ihre Großeltern ihr erzählt hatten, vergessen, all das Unrecht, das sie selbst erlebt hatte, den Barkeeper und den Hass in seinen blauen Augen, und sich auf das Wesentliche besinnen: das Leben und die Freude. So setzte sie sich zu Zahit und tippte mit ihrem Glas gegen seines. »Es lässt sich nicht ändern. Die Dinge, die geschehen sind, sind geschehen, und wir tragen sie in unseren Körpern und Köpfen. Meine Großeltern sind aus diesem Land vertrieben worden, und wären sie damals nicht gegangen, müsste ich mir heute überlegen, zu gehen. Die Geschichte hört nicht auf, nur weil wir nicht hinsehen und versuchen, glücklich zu sein. Die Geschichte ändert sich davon nicht.« Sie seufzte. Zahit trank sein Glas leer und ließ sich nach hinten fallen.

»Ich möchte, dass wir Tomek finden«, sagte er schließlich. Ruth nickte.

»Soll ich etwas aus seinen Notizen vorlesen?«, fragte sie und kramte in ihrer Umhängetasche.

»Würdest du?«

»Ja«, antwortete sie und schlug eine Seite auf. Zahit saß gegen die Wand gelehnt und öffnete gastfreundlich seinen Arm. Sie betrachtete ihn argwöhnisch, aber er lächelte sie so gutmütig und beharrlich an, dass sie dem Bedürfnis nach Geborgenheit kurzerhand nachgab. Was hatte sie zu verlieren? Ihre beste Freundin hatte sie hintergangen, womöglich zur Mittäterin eines Mordes gemacht, sie war in Polen, einem Land, das sie nie betreten hatte wollen, transportierte einen Syrer ohne Papiere, ein polnischer Barkeeper in einem Ibis Budget, das aussah wie das Grand Budapest Hotel, linkte sie, weil sie Jüdin war und Deutsch sprach, Mania war auf dem besten Weg, mit einer ukrainischen Sexarbeiterin abzustürzen. Warum sollte sie es sich nicht in Zahits Arm gemütlich machen. Sie war es leid, immer die Vernünftige, Vorausschauende zu sein, immer vor den Rechnern zu hängen und in einer virtuellen Welt die Kommata zu verschieben. Was brachte es ihr, so intelligent zu sein, wenn sie ihre Intelligenz an Bildschirme vergeudete? Seit Mania in Berlin lebte, war Ruth nach und nach aus allen Gruppen ausgestiegen. Ohne Mania machte das Organisieren von Demonstrationen keinen Spaß. Einsam war ihr Leben in den letzten Jahren geworden.

Mania hatte sie damals gezwungen, ihre Menschenfeindlichkeit zu überwinden, aber dann war Mania gegangen und Ruth wäre nie auf die Idee gekommen, dagegen zu protestieren. Statt sich gegen Manias Entscheidung aufzulehnen oder mit nach Berlin zu kommen, hatte sie sich abgefunden, so, wie sie sich immer mit den Gegebenheiten abfand. Sie hatte ihr Informatikstudium in Wien abgeschlossen, sich im Netz den Aktivitäten von anonymous angeschlossen – nicht aus Idealismus, sondern weil die Herausforderungen sie reizten. Im Netz war sie zu einer respektierten Hackerin avanciert. *maniac* nannte sie sich, und dachte jedes Mal an Mania, wenn sie ihren Nickname eingab. Im Netz bekam sie Anerkennung, und wenn sie Geld brauchte, verkaufte sie ein paar Bitcoins.

Die Einsamkeit hatte sie vor einem Jahr eingeholt, als sie in einer lauen Oktobernacht den Margaretengürtel hinunterlief. Im Freedom-Käfig spielten zwei Jungs Basketball. Einer trug das Trikot der Chicago Bulls mit der Nummer 23, der andere ein weißes T-Shirt. Die Jungs kämpften hart um ihre Körbe.

Trotzdem lachten sie miteinander, klopften sich zwischendurch auf die Schulter. Nach jedem Match bekam der andere das Michael-Jordan-Trikot, wahrscheinlich ein Geschenk des Vaters oder älteren Bruders. Sie stand viel zu lange vor dem Gitter und starrte die beiden an, bis einer der Jungs zu ihr hinüberpfiff. Beschämt drehte sich Ruth weg, lief weiter und spürte eine Enge in ihrem Brustkorb.

»Warum eigentlich nicht«, sagte sie laut und rutschte tiefer in Zahits Arm. »Also«, verkündete sie:

Letztens habe ich gelesen, dass sich unser Gehirn in der frühesten Kindheit nicht über die Wahrnehmung von Objekten programmiert, sondern über die Wahrnehmung von Diskrepanzen. Das bedeutet zum Beispiel, dass wir das Objekt Teddybär nicht ganzheitlich im Gehirn wahrnehmen und abspeichern, sondern wir setzen die Wahrnehmung des Teddybären langsam aus Diskrepanzen zusammen: hell und dunkel, braun und rot, rechts und links, oben und unten, klein und groß, weich und hart. Dieser Theorie nach kann unser Gehirn nur etwas wahrnehmen, das unterschieden ist von etwas anderem. Unser Gehirn nimmt in der Welt nur wahr, wozu es eine Alternative, ein Anderes, eine Diskrepanz, einen Widerspruch, einen Unterschied gibt. Sollte es in der Welt irgendjemand oder irgendetwas geben, der, die oder das ohne ein Anderes ist, dann könnten wir sie, ihn oder es über unsere Sinnesorgane nicht erkennen. Benennen oder begreifbar machen können wir nur etwas, zu dem es eine Alternative, ein Anderes gibt. Was immer wir benennen, mit einem Wort belegen, ist damit ein Unterschiedenes, ein Ding unter Anderen; es ist in uns abgebildet, benannt, mentalisiert.

Wenn, was auch immer gut ist, nur gut sein kann, weil es eine Vorstellung vom Bösen gibt, dann lässt sich das Böse auch nur als Voraussetzung des Guten begreifen und niemals an sich.

Empathie ist die notwendige Bedingung des Sadismus. Sadismus ist ein Dialog zwischen dem, der weiß, und dem geschundenen Anderen, der an Körper und Geist wegen diesem Wissen leidet. Auch Einfühlungsvermögen und Achtsamkeit sind Werkzeuge zu vielen denkbaren Zwecken. Es gibt folglich auch ein Böses, das erst dann beginnt, wenn wir uns in den Anderen hineingefühlt haben.

Ich habe gelesen, dass folgende Kriterien gegen erhebliche Einbußen der Steuerungsfähigkeit bei straffällig gewordenen Tätern sprechen: ausgiebige Tatvorbereitungen, ein planmäßiges Vorgehen bei der Tat, die Fähigkeit, zu warten, ein lang hingezogenes Tatgeschehen, in Etappen ablaufende komplexe Handlungen und die Vorsorge gegen Entdeckung.

Als Mania in ihr Zimmer kam, saß Sue noch immer mit halb geschlossenen Augen vor dem Rollkoffer und dem Rucksack. Mania umarmte sie und vergrub ihr Gesicht in Sues Fell. »Komm, wir gehen eine Runde spazieren.«

Es war ein Mischwald mit schmalen Trampelpfaden, der sich hinter dem Hotel einen Hügel hinaufzog. In der Dunkelheit, ohne Taschenlampe, weil sie nicht gesehen werden wollte, folgte Mania Sue zielstrebig bergauf. Die Kopfschmerzen waren verschwunden. Wenn man ohne Licht bergauf geht, ist die Steigung im Körper kaum spürbar. Nur weil Sue vor ihr lief, nahm Mania sie zur Kenntnis.

»Das alles tut mir leid. Das können Sie mir glauben«, hörte Mania plötzlich die Stimme von Roland K., als dränge sie aus dem Unterholz zu ihr. »Warum schreiben Sie das nicht auf?«

»Sie möchten, dass ich aufschreibe, dass es Ihnen leidtut?«

Er überlegte einen Moment.

»Ja. Schreiben Sie das auf.« Mania schrieb es auf und reichte ihm das Klemmbrett. Er überflog die Notizen und gab ihr das Klemmbrett zurück. »Warum glauben Sie mir nicht?«

»Ich glaube Ihnen«, erwiderte Mania ruhig und beobachtete, wie er die Hände hinter dem Rücken verschränkte und sich durchstreckte. »Ich glaube, dass es Ihnen immer leidgetan hat«, ergänzte sie nach einer Weile. »Aber Sie können nicht anders.« Er nickte verwirrt. »Wir sind, wer wir sind.«

»Nein«, protestierte er schließlich. »Nein. Ich habe mich verändert. Ich habe diese Taten bereut.«

»Schhh«, machte Mania und legte den Zeigefinger auf ihre Lippen. »Schhh. Es ist alles gut.« Roland K. rutschte auf dem Bürostuhl hin und her. Dann wölbte er den Brustkorb vor und sah sie an.

»Ich möchte nach Hause«, sagte er wie ein Junge und sackte bei dem Satz wieder in sich zusammen. Mania schenkte ihm einen neutralen Gesichtsausdruck. »Helfen Sie mir, nach Hause zu kommen«, winselte er. »Ich werde es nie wieder tun.«

Auf der Digitaluhr sprang die Minutenanzeige von 22 auf 23. Rufe aus dem Hof drangen in ihr Büro, Worte auf Arabisch oder Türkisch, die weder sie noch Roland K. verstanden.

»Es gibt kein Davor oder Danach«, sagte Mania und lehnte sich näher zu ihm, »es passiert alles gleichzeitig.«

Roland K.s Blick wendete sich von ihr ab und fuhr an die Decke.

»Was reden Sie da? Sie sind ja verrückt!«

Als sie die Spitze des Hügels erreicht hatten, lichtete sich der Wald und ein Halbmond trat hinter den Wolken hervor. Sue schnupperte aufgeregt an einem großen Stein. Etwas bewegte sich. Sue bellte und ein Igel schoss aufgeregt über die kurze Grasfläche ins nächste Gebüsch. »Lass ihn«, ermahnte Mania die Hündin und setzte sich auf den Stein, der noch immer von der Hitze des Tages zehrte. Sie zog sich aus. Roland K. hatte nach seiner ersten Festnahme wegen des Missbrauchs von Tomek dazugelernt. Nachdem er zwei Jahre später aus der Jugendstrafanstalt entlassen worden war, brachte er drei Jungen und vier Mädchen um, zwei Leichen entsorgte er im Wienerwald und fünf im Volkspark Rehberge in Berlin. Sie wurden erst viel später gefunden. Es dauerte vier Jahre, bis er unvorsichtig wurde. Ein Mädchen, Klara, überlebte und buddelte sich aus dem zu flachen Grab frei. Ihr Körper war von seinen Fingerabdrücken übersät. Als Mania im Internet darüber las, war sie mit dem Psychologiestudium fast fertig. »Reue ist ein Luxusgefühl«, sagte Mania zu Sue und betrachtete den Mond. »Reue können sich nur die leisten, die nicht viel zu bereuen haben.« Und während sie es laut aussprach, erwachte in ihr eine Ahnung, die zu einem Wissen und schließlich zur Wahrheit wurde.

Ruth war mitten im Lesen eingeschlafen. Zahit zog vorsichtig seinen Arm unter ihrem Nacken hervor und deckte sie zu. Wie entspannt sie aussah. Er hatte sich nicht vorstellen können, dass ein Mensch wie Ruth schlafend in einem Bett liegen konnte, ohne nachzudenken, ohne Entscheidungen zu treffen, ohne für irgendwen mitzudenken, ohne jemandem zu helfen. Überirdisch war sie ihm vorgekommen: Sie hatte Tomek geortet, alles organisiert, und dann war sie lässig im Auto gesessen und stundenlang gefahren, als wäre es nicht anstrengender als Zähneputzen. Mania war für eine Frau schon beeindruckend, aber selbst Mania lehnte sich an Ruth, verließ sich auf Ruth, vertraute ihr.

Er ging ins Badezimmer, holte das in Plastik gewickelte Haschischstück aus seinem After und rollte einen Joint. Im Badezimmer gab es keinen Rauchmelder und das Fenster ließ sich öffnen.

Wenn sie Glück hatten, würden sie Tomek in wenigen Stunden finden, einen lebenden Tomek. Was mit dieser Psychopathin geschehen war, interessierte ihn nicht. Wer brauchte solche Frauen? Frauen, die anderen das Leben kaputt machten, deren Seelen zerstörten. Aber mit diesen Psychopathinnen hatten immer alle Mitleid. Sie könne ja nichts dafür, die schlimme Kindheit, der Alkoholikervater. Und das *hier*, wo Frauen alles sein konnten, wo sie alles machen konnten, was sie wollten!

Das reichte ihnen nicht. Was hatten Frauen *hier* für ein Problem? Sie konnten nicht genug bekommen. All die Rechte und Möglichkeiten – es reichte ihnen nicht. Es reichte ihnen nicht, schlafen zu können, mit wem und wie vielen sie wollten. Noch immer behaupteten sie, benutzt zu werden. Dabei waren sie es doch, die ihn benutzt hatten. Dabei war es doch Marina, die Tomek benutzte, ihm die Lebensfreude aus den Adern saugte, ihn bis an die Grenzen seines Verstandes brachte, womöglich bis an die Grenze seines Lebens.

Ruth lag noch immer im Bett und schlief. Er setzte sich neben sie und betrachtete ihr Gesicht. Es war wunderschön, *sie* war wunderschön. Das war ihm bis jetzt nicht aufgefallen. Vorsichtig streichelte er ihre Wange und fuhr durch das Haar, das fast so kurz war wie seines. Ihre Lippen waren voll, die Wimpern überlang. Es zog ihn hin, diese Lippen zu küssen. Der Joint rauschte durch seinen Körper und entspannte jeden Muskel und verlangsamte seine Gedanken. Ob sie ihn attraktiv fand? Vielleicht hatte auch sie überlegt, wie es sich anfühlen würde, wenn er sie küsste. Vorhin, als sie in seinem Arm gesessen hatte, während sie Tomeks Notizen las, war ein intimer Moment gewesen. Sie musste ihn mögen, vielleicht wusste sie es nur noch nicht. Ohne dass er es gemerkt hatte, war seine Hand Ruths Rücken entlanggestrichen und ruhte jetzt auf ihrer prallen Pobacke. Verwirrt zog er die Hand zurück und strich noch einmal über ihre Wange, ihren Hals. Ein dünnes Goldkettchen mit einem Anhänger kam plötzlich zum Vorschein. Er betrachtete den Davidstern aus hauchzartem Gold, ließ ihn vorsichtig zurück auf ihre Brust gleiten und griff nach dem Smartphone. Es war vier Uhr morgens. Ab sieben gab es Frühstück. Wahrscheinlich wollten Mania und Ruth losfahren, bevor sich die anderen Gäste in der Hotellobby tummeln würden. Er stellte die Weckfunktion auf sechs Uhr und legte sich in das andere Bett. In seinem Bauch rumorte es und er sehnte sich nach Pizza oder Chips. Dann machte er das Licht aus und schlief sofort ein.

Seit einer Woche hat sie auf keine SMS-Nachricht und keinen Anruf reagiert. Vielleicht ist sie tot.

Ich trinke nur noch Kaffee, essen geht nicht mehr. In den Nächten schlagen meine Gliedmaßen in alle Richtungen aus, ich schwitze, ich träume, ich schwitze, ihr Gesicht vor Augen, den Geschmack ihrer Lenden in meinem Mund, ich schlafe ein, schlafe so tief, bis meine Arme taub werden.

Von diesem Gefühl, nur noch aus einem Rumpf zu bestehen, erwache ich panisch, setze mich auf und warte.

Einzuschlafen macht mir Angst. Wenn ich nicht mehr aufwache, kann ich Marina nicht beschützen.

Als ich mit dem Bild des Messers in meiner Hand und der aufgeschlitzten Kehle aufwache, sehe ich mich selbst so deutlich. Ich sehe meine Verletzung, meine Wut und ein tiefes, ungestilltes Bedürfnis nach Vergeltung, das in mir tobt wie das Nichts. Auf der anderen Seite der Vergeltung liegt der Ekel vor mir und vor dem, was mir und Marina angetan worden war und wen es hervorgebracht hat: uns.

Ruth legte Notizen und Tablet auf den Nachttisch. Jetzt wusste sie alles über Zahits Drogengeschichten, jetzt wusste sie, was mit Roland K. geschehen war: Roland K. und drei andere Insassen hatten gestern Nacht Selbstmord begangen. Bei allen vieren war Mania die zuständige Therapeutin gewesen. Ein erhöhtes Suizidrisiko war in den Akten vermerkt worden, nur hatte Mania nichts davon erwähnt, und jetzt, nachdem Ruth die Akte von Roland K. und zufällig auch die eines der anderen Selbstmörder gelöscht hatte, würde man es zumindest bei Roland K. nicht mehr nachvollziehen können. Bei dem anderen Selbstmörder gab es noch die Papierakte. Außerdem wussten ja alle, dass Mania die zuständige Therapeutin gewesen war. Es würde gesucht werden, und der Hackerangriff stellte sich in Verbindung mit den vier Selbstmorden in einem ganz anderen Licht dar. Mania hatte sie zur Komplizin in einem indirekten Mord gemacht.

Tomeks letzte Notizen waren gelesen. Zahit schlief. Sie deaktivierte die Weckfunktion auf seinem Smartphone - PIN-Code: 1234 - und steckte Tomeks letzte Notizen unter die Matratze. Das musste Mania wirklich nicht lesen.

Vom Fenster aus betrachtete sie den Trampelpfad, der gleich hinter dem Parkplatz in den Wald führte. Wie viele Frauen wohl seit Bestehen dieses Hotels in diesem Wald vergewaltigt oder ermordet worden waren?

Mania hatte ihr erzählt, wie kurz nach der Wende, als ihre Mutter bereits nach Polen gezogen war, an den Straßen, die zu den Westgrenzen führten, alle hundert Meter eine Sexarbeiterin stand, und wie schwer es für sie als Tramperin gewesen war, von dort aus eine Mitfahrgelegenheit zu bekommen.

Ein heller Streifen begann am Horizont die Nacht vom Tag zu trennen. Es würde wieder sonnig und heiß werden. Ein nebeliger, zumindest verregneter Tag wäre ihr passender erschienen. Sie öffnete das Fenster.

Zahit hatte die Knie an die Brust gezogen und schnarchte. Was sollte sie mit ihm machen? Was mit Mania? Am liebsten würde sie ihren Rucksack schnappen und alleine zurück nach Wien fahren.

Sie könnte eine neue Wohnung mieten, sich eine neue Identität erschaffen, neuer Name, neuer Abschluss, vielleicht ein richtiger Job. Vielleicht sollte sie aus Wien wegziehen, irgendwohin, wo es einen Hafen gab. Sie könnte nach Hamburg gehen. Mania würde sie nicht finden. Niemand würde sie finden. Es gab nichts, das sie zurücklassen würde. Ihre Eltern waren tot, sie hatte keine Kinder, keine Tiere, keine engen Freunde. War sie nur in Wien geblieben, damit sie für Mania jederzeit erreichbar war? Damit sie ihr zu jedem Zeitpunkt und bei jeder erdenklichen Idee, die schiefging, aus der Patsche helfen konnte?

Ein kühler Windzug verpasste ihr eine Gänsehaut und sie erinnerte sich an den Morgen nach der Beerdigung ihrer Eltern, an dem sie in Manias Armen aufgewacht war. Die ganze Nacht hatte Mania sie gehalten und jedes Mal, wenn Ruth aufwachte, begann Mania, wie besessen ihren Kopf zu streicheln und ihr ins Ohr zu flüstern, dass der Schmerz milder, irgendwann tragbar würde, dass sie hier sei und bleibe, solange es dauere. Bis Ruth mit tränenverquollenen Augen wieder einschlief.

Sie wusste nicht, ob es Tage, Wochen oder Monate gewesen waren, in denen Mania kaum von ihrer Seite gewichen war, für sie geputzt und gekocht, sie an manchen Tagen sogar gefüttert hatte. Ruth hatte in dieser Zeit kein Geld verdient. Es musste Mania gewesen sein, die ihre Miete und alles andere bezahlt hatte, ohne es jemals zu erwähnen. Wie hatte sie das gemacht? Hatte sie sich von jemandem Geld geliehen? Wahrscheinlich von ihrer Mutter. Warum hatte Ruth sie später nicht danach gefragt?

Der Schmerz, den sie beim Tod ihrer Eltern verspürt hatte, hatte ihr damaliges Vorstellungsvermögen übertroffen. Wäre Mania nicht gewesen, hätte sie womöglich aufgegeben.

Trotzdem musste sie etwas ändern. Sie wollte glücklich sein, mehr fühlen, als die Genugtuung über einen DOS-Angriff auf Amazon oder PayPal, sie wollte jemanden begehren. Wie lange war es her, seit sie zum letzten Mal Sex gehabt hatte? Drei Jahre? Vier Jahre?

Sie wollte einen Job, bei dem Menschen sie in der Früh begrüßten und zu Mittag mit ihr gemeinsam essen gingen. Abende in Bars, auf Konzerten. Kinobesuche. Vielleicht eine Wohngemeinschaft. Vielleicht eine Katze.

Nein. Sie würde Mania nicht im Stich lassen. Das eine schloss das andere nicht aus. In ein paar Stunden würden sie Tomek und Marina finden. Wäre Tomek wirklich tot, hätte Mania es gespürt. Ruth würde Zahit nach Wien bringen und das mit den Drogen aus dem Polizeicomputer löschen. Sie würde zu Ende bringen, was sie begonnen hatte, und *dann* neu anfangen.

Es klopfte. Ruth ging zur Tür und sah im Vorbeigehen, dass Zahit blinzelte. Mania balancierte ein Tablett mit drei Tassen Kaffee darauf.

»Ich habe den Barkeeper weichgeklopft«, erklärte sie mit einem Grinsen. Sue drängte sich an ihr vorbei und stürzte sich auf den verschlafenen Zahit.

»Schön«, sagte Ruth und nahm eine Tasse. »Schön, dass er sich von dir erweichen ließ.«

Kurz sah Mania sie fragend an, stellte das Tablett auf den Schreibtisch, aber Ruth winkte ab.

»Hast du gut geschlafen?« Mania lächelte verlegen, bis ihr Blick auf Tomeks Notizen fiel, die aufgeschlagen auf Ruths Bett lagen. »Hast du sie zu Ende gelesen?« Ruth nickte. »Nichts, was uns weiterhelfen wird.«

Zahit war mit Sue vom Bett auf den Boden gerollt und stellte sich tot, woraufhin Sue knurrte und ihn in die Wade zwickte. »Bu!«, rief Zahit plötzlich und setzte sich ruckartig auf. Erschrocken winselte die Hündin und machte einen Satz nach hinten. Im Nebenzimmer schlug jemand mit der Faust gegen die Wand.

»Wir sollten los«, erklärte Zahit bestimmt und trank seinen Kaffee in einem Zug leer.

»Richtig«, stimmte Mania zu. »Ich hole noch meinen Koffer.« Als sie das Zimmer verließ, sah ihr Sue fragend nach. Zahit schnappte sich die Leine und die Hündin folgte ihm.

Ruth ließ sich auf das Bett fallen. Sie starrte an die Decke.

Sollte Tomek sein Smartphone nicht einfach liegen gelassen haben und mit Marina woandershin aufgebrochen sein, dann befanden sich die beiden oder er alleine bereits mehr als 20 Stunden in diesem Haus, vermutlich in dem beschriebenen Verlies. »Wir werden ihn finden«, sagte sie laut und zuversichtlich. »Wir werden ihn lebendig finden.«

8.

Die Sonne war aufgegangen über dem Land, in das Ruth nach dem Tod ihres Großvaters beschlossen hatte nie zu reisen.

Ausgedörrte und abgeerntete Felder leuchteten zwischen Mischwäldern aus Birken und Nadelbäumen gelb auf. Immer wieder ein Dorf. Häuser, die ihr aus Wajdas Filmen vertraut waren, daneben unerwartet eine Reihenhauskette, die auch in Österreich stehen könnte, nur stand sie hier, mitten auf einem Feld. Wer wollte dort wohnen? Manchmal sah es aus, als führte nicht einmal eine asphaltierte Straße hin.

Sie rauchte und neigte dabei den Kopf zum Fenster, ließ den warmen Fahrtwind über ihr Gesicht streichen.

Mania suchte in Tomeks Notizen nach einem übersehenen Hinweis. Im Rückspiegel sah sie Zahit, der interessiert die Landschaft beobachtete. Für ihn hatte Polen keine Bedeutung, keine Geschichte, nichts, das mit seiner Vergangenheit und mit ihm zu tun hatte.

Als Kind hatte sie ihren Großvater immer gedrängt, von dem Hof zu erzählen, von dem Hund Psiak, der an seine Hütte gekettet gutmütig jeden Fremden passieren ließ, bis ihn der Bauer erschoss und durch einen Schäferhund ersetzte, der den ganzen Tag bellte und sich nachts heiser in die Hütte verzog. Jedes Mal, wenn Großvater die Geschichte von Psiak erzählte, stiegen ihm Tränen in die Augen und Ruth weinte solidarisch mit. »Der arme Psiak«, schluchzte sie, immer aufs Neue über dieses Unrecht erbost, und Großvater nickte.

»Fährst du mal mit mir hin?«, fragte sie, wenn er von den goldenen Feldern und von seiner Hochzeit berichtete, wenn seine Augen leuchteten.

»Dort mögen sie keine Juden«, antwortete er dann. »Aber warum?«, protestierte Ruth, und Großvater schloss mit einem resignierten und ausweichenden: »So ist es eben.«

Ihre Mutter war einmal nach der Wende alleine nach Polen gefahren, heimlich. Erst Jahre später, als die Großeltern längst begraben waren, gestand sie es bei einem Abendessen, nebenbei, als hätte sie eine Affäre gehabt, die längst passé und nicht mehr der Rede wert war. Ruths Vater sagte lange nichts, aber schließlich siegte seine Neugier und er fragte: »Ist es schön dort?« Ihre Mutter zuckte nur mit den Schultern, und Ruth erinnerte sich, dass sie es ihrer Mutter übel genommen hatte. Dass sie fand, sie habe Großvater mit dieser Reise hintergangen. Sie beschloss damals, dass sie nicht so werden und nie jemanden, den sie liebte, belügen würde.

»Ich habe recherchiert«, sagte sie und durchbrach damit die friedliche Stille im Auto. Mania sah gefasst auf, während Zahit weiter verträumt die Landschaft vorbeiziehen ließ. »Er ist tot und drei weitere haben sich ebenfalls erhängt.« Sie sagte es leise, worauf Zahit protestierte. »Es geht dich nichts an und besser du hörst es nicht.«

»Aber warum?«, widersetzte er sich.

»Bist du jetzt zufrieden?«, fragte Ruth. Mania drehte sich eine Zigarette. »Er ist wirklich tot«, stellte sie fest.

»Ja. Wirklich tot.«

»Wer ist tot?«, fragte Zahit nach.

»Ich möchte wissen, wie«, beharrte Ruth.

»Steht das nicht im Bericht?«

»Ich möchte wissen, wie du es gemacht hast. Das schuldest du mir.«

Mania zündete die Zigarette an und blies den Rauch aus dem Fenster.

»Ich habe ihn dazu gebracht, zu bereuen.«

»Was?«

»Um wirklich zu bereuen, musst du dich so sehen können, wie du tatsächlich bist.«

»Das macht keinen Sinn.«

»Schuld kann man begleichen. Du zahlst eine Strafe, betest ein paar Vaterunser. Aber Scham. Scham ist komplex. Sie dringt in die Tiefen deiner Persönlichkeit vor. Scham kann dich zerstören.«

»Du hast ihn dazu gebracht, sich für seine Taten zu schämen?«

»Jemand, der das gemacht hat, was Roland K. gemacht hat, kann nicht mehr bereuen. Wenn er bereut, zerstört er sich selbst.« Sie schnippte die Zigarette aus dem Fenster.

»Es ist schon schwer genug für mich hier«, setzte Zahit wehleidig an. »Alles ist fremd. Ich bekomme keine Arbeit. Alle starren mich an. Ich kenne die Sprache nicht gut. Und dann, immer diese Erinnerungen.«

»Wie meine Mutter!«, sagte Mania nach einer Weile. »Immer dieses Gejammer!« Damit hatte er nicht gerechnet. Bei allen Gesprächen, die er seit seiner Flucht geführt hatte, waren ihm Mitgefühl und Aufmerksamkeit entgegengebracht worden. »Weißt du«, Mania drehte sich wieder zu ihm. »Vertreibungen, Völkerwanderungen. Das hat es immer schon gegeben. Ob klima-, kriegs- oder wirtschaftsbedingt. Menschen mussten ihre Heimat verlassen und gingen dorthin, wo sie fremd sein würden. Du bist nicht der Nabel der Welt!« Er richtete sich auf, schaffte es aber nicht, Mania in die Augen zu sehen. »Meine Eltern sind geflohen. Mein Vater, weil er im Widerstand gewesen war und nach dem Krieg das System, gegen das er gekämpft hatte, an die Macht kam. Meine Mutter, weil sie jung war und nicht den Rest ihres Lebens für ein paar Nylonstrümpfe einen halben Tag in der Schlange stehen wollte. Ruths Großeltern sind geflohen, weil man sie dazu gezwungen hat, weil es im antifaschistischen Kommunismus einen ausgeprägten Judenhass gab. Well, well.« Jetzt hatte sie sich in Rage geredet, ihre Augen blitzten ihn unbarmherzig an. »Finde dich damit ab! Du wirst so lange an deiner Heimatlosigkeit und Zerrissenheit leiden, bis du stirbst, und deine Kinder werden auch an ihr leiden. Und wahrscheinlich deine Enkelkinder auch noch. Und ob es dir gefällt oder nicht: Dein ganzes Trauma entschuldigt nichts.« Zahit sah zu Ruth hinüber, die nicht protestierte, die mit Manias Worten einverstanden schien. Nichts kapierten die beiden.

Von wegen Trauma! Seine Freunde in Syrien würden ihn auslachen, wenn er ihnen davon erzählte, und er würde auch lachen und nicken und es nicht mehr für möglich halten, dass ihm das alles tatsächlich Angst gemacht hatte. Dass er wimmernd Mania angerufen hatte, sie solle kommen. Dass er gebettelt hatte, sie solle ihn nicht zurücklassen, dass er mitkommen wollte, unbedingt. Aber davon würde er seinen Freunden nicht erzählen. Und irgendwann würde er es vergessen. So, wie er das Meer inzwischen immer öfter vergaß. Nicht daran dachte, wie das Wasser über die Reling des überladenen Schiffs gedrungen und ihm bis zu den Knien gegangen war. Mania war im Unrecht. Es war möglich, wieder glücklich zu sein, egal, was man gesehen und erlebt hatte, und er würde wieder glücklich werden. Er würde eine Frau kennenlernen, die ihn liebte, und er würde Kinder haben, und diese Kinder würden glücklich sein, egal wo, ob hier oder in Syrien.

Dann erinnerte er sich an Tomek. Die Erinnerung kam aus dem Nichts und nahm ihn völlig ein. Tomek finden. Tomek durfte nicht sterben, er durfte seiner Schwäche nicht erliegen. Tomek war immer für ihn dagewesen, jetzt war es an der Zeit, dass er für Tomek da war. Jetzt musste er die eigenen Probleme hintanstellen. Nein, er würde nicht bei der nächsten Gelegenheit aussteigen, Sue zurücklassen, seiner Wege gehen. Er würde bleiben und helfen, bis zum Schluss, bis er in Tomeks Augen sah.

Mania hatte sich wieder nach vorne gedreht und starrte stumm aus dem Fenster. Erste Wohnblöcke, grau in grau, zogen am Horizont auf. Bunte Häuserreihen standen auf trockenem Feldboden, unweit der Hauptstraße. Dann eine Weile nichts, bis unerwartet eine Tankstelle auftauchte. Zahit erinnerte sich an das dichtgedrängte Aleppo, in dem er aufgewachsen war, die schmalen Gassen, die von Schlaglöchern durchsetzten Straßen. Ein Schild tauchte auf. Piotrków Trybunalski, sprach er langsam laut aus.

Die Stadt von Manias Kindheitserinnerungen näherte sich. Auf Ruths Tablet blinkte der grüne Punkt unverändert. Misstrauisch zoomte Mania hinein und sah, dass sie auf der E75 statt der E77 nach Warschau einfahren würden. Der Punkt blinkte im Stadtteil Wola, wo Tomek und sie die Großeltern besucht hatten, wo Manias Großmutter gelebt hatte und Tomeks Großvater noch immer lebte. Aber das Haus, in das sie als Teenager eingestiegen waren, lag in Otwock, über der Weichsel und bereits außerhalb der Stadt. »Wir müssen auf die E77 rüber und vor Warschau bei Gora Kalwaria über die Brücke.« Ruth sah von ihrem GPS verwirrt zu Mania.

»Aber sein Smartphone?«

»Er muss es bei seinem Großvater gelassen haben. Ich hätte es früher erkennen sollen. Das verlassene Haus steht in Otwock.«

»Bist du sicher?«, fragte Ruth und Mania nickte.

»Wir können bei Wiskitki rechts fahren und auf der 50 kommen wir direkt zur Brücke.«

Sie waren nur einmal in dem Haus gewesen, im Herbst nach der Sache mit Roland K. Die Eltern hatten sie für zwei Wochen aus der Schule genommen und waren mit ihnen nach Polen gefahren. Vermutlich hatte es die Psychologin empfohlen: ein Ortswechsel, etwas Ruhe. Gelangweilt hingen sie bei Tomeks Großvater auf der Couch. Ihre alten Freunde in Jelonki gingen zur Schule und waren an den Nachmittagen mit Sport oder Hausaufgaben beschäftigt. Seit der Wende war das Interesse an Tomek und Mania proportional zur Öffnung der Grenzen und zur normalisierten Einfuhr von Westprodukten gesunken. Erst verstanden Tomek und Mania nicht, was geschehen war. Früher hatten sich alle um sie geschart, ihnen Maoam und Gummibärchen aus den Händen gerissen. Kinderkreise hatten sich geöffnet und Tomek und Mania nach innen gesogen. Jetzt standen sie zu zweit vor vereinsamten Teppichklopfstangen, schlugen lustlos ein paar Räder und sahen hinüber zu der Łąka von früher, die unverändert, in Herbsttönen, still zu ihnen zurückblickte.

»Komm«, sagte Mania eines Tages. »Wir machen einen Ausflug.« Tomek willigte gewohnheitsmäßig ein und sie nahmen den ersten Bus, der an der ersten Haltestelle einfuhr. Otwock war die Endstation.

Ein Vorort, in dem es nichts zu geben schien außer kleine graue Häuser, Ruinen, alkoholisierte Männer und Wald. Die letzten Kilometer der Busstrecke waren nicht einmal asphaltiert. Es war ein Slum gewesen, dachte Mania jetzt, und war es wahrscheinlich immer noch.

Sie waren ausgestiegen und hatten begeistert die erste Abzweigung in den Wald genommen. »Baba Jaga«, hatte sie gescherzt und darauf gewartet, dass Tomek wie früher zusammenzuckte. Ausdruckslos sah er sie an und ging weiter. Die Sonne stand im Zenit. Daran erinnerte sie sich genau, weil sie nicht im Dunkeln zurückgehen wollte und sich vorgenommen hatte, die Zeit im Auge zu behalten. Nadelbäume ragten düster in den Himmel, der Boden war sandig. Sie verfielen in einen schweigsamen Marsch, bis sich der Wald auf einmal lichtete und sie vor dem Haus standen. Durch ein Loch im Holzdach drang Sonne hinein. An der Tür war ein Vorhängeschloss angebracht. Mania fand ein offenes Fenster, durch das sie hineinkletterten.

Drei alte Tassen ohne Henkel standen in der Küche, alles andere hatten entweder die Besitzer oder Menschen aus der Umgebung mitgenommen. Der Gestank widerte Mania auch in der Erinnerung noch an.

Tomek war es, der in den Holzdielen die Klappe zum Keller entdeckte, und Mania setzte als Erste den Fuß auf die Holzleiter, die wackelig nach unten führte. Sie hatten keine Taschenlampe dabei und damals auch noch keine Handys. Trotz des schwachen Lichtstrahls, der durch die Luke hineinfiel, war es das schwärzeste Dunkel, in dem sie sich jemals bewegt hatte. Es gab ihr eine Vorahnung des Todes.

»Was ist da unten?!«, rief Tomek. »Nichts«, antwortete Mania. »Einfach nichts. Das musst du dir ansehen!« Plötzlich war er neben ihr, ohne dass sie ihn sehen konnte. Dem Körper, den sie so lange wie ihren eigenen kannte, fehlten die Konturen. Etwas umrissloses Warmes, an das sie sich drängte, um sich selbst besser zu spüren. Er roch nach Nadeln und Staub und Tomek und in der Umarmung verschwamm ihr Anfang und sein Ende.

»Was tust du?«, fragte er, als sie unter sein T-Shirt fuhr, die trockene Haut anfasste. Dann tasteten auch seine Hände sich unter ihrem T-Shirt nach oben und berührten ihre Brüste, wichen zurück, nach unten, aus dem T-Shirt hinaus, als hätten sie sich an ihren erstarrten Brustwarzen verbrannt.

Nie hatte sie ihn küssen wollen. Jetzt suchten ihre Lippen und fanden nach einigen Verwechslungen seinen Mund. Das

Nass ihrer Zunge auf der seinen schoss wie ein Stromschlag durch ihren Körper. Verwirrt ließ sie von ihm ab und merkte, dass ihre Unterhose feucht war. Es war ihr erster Orgasmus gewesen und sie hatte befürchtet, sich angepinkelt zu haben. Beschämt war sie zu dem kleinen Lichtspalt gestolpert und die Leiter hinaufgestiegen. Tomek kam einige Zeit später nach.

Sie verließen das Haus schweigend und stapften in ein blaues Dämmerlicht, das bereits den Winter ankündigte. Ein Sichelmond, der kaum Licht spendete, führte sie trotzdem aus dem Wald. Busse fuhren keine mehr, aber ein trauriger Musiker nahm sie in einem Maluch mit und setzte sie vor ihrem Wohnblock ab.

An diesem Tag hatte sich etwas zwischen ihnen verändert, was nicht rückgängig gemacht werden konnte. Nicht einmal sie, die sonst für alles Worte fand, war imstande, einzufangen, was geschehen war und warum sie es nie wiederholten. Als wären sie zu weit gegangen, hätten sich an einen Ort begeben, dessen Gesetzmäßigkeiten sie nicht verstanden.

Danach hörten sie nicht auf, miteinander zu lachen und sich zu streiten, eifersüchtig zu sein, wenn die eine oder der andere neue Freunde fand. Es war Tomek, dem Mania von ihrem ersten Kuss mit einer Frau erzählte, und Mania, der Tomek seine erste Freundin vorstellte. Aber der Tag in dem Haus in Otwock, das schwärzeste Dunkel, und ihre Körper wurden zu einer Erinnerung, die über allen anderen thronte, warm und bedrohlich zugleich. Für Mania war es ihr ureigenstes Geheimnis gewesen. Jetzt baute Tomek mit Marina dort ein Grab.

»Gleich sind wir an der Brücke. Weißt du, wie wir weiterfahren?« Ruth hatte ihre Hand in Manias Nacken gelegt.

»Am besten fahre ich«, antwortete Mania, und Ruth fuhr auf der Landstraße rechts ran. Sie wechselten die Plätze, während Sue eine Runde über das Feld lief und pinkelte. Zahit saß regungslos da, die Arme vor der Brust verschränkt, offenbar in seine Gedanken vertieft, und Ruth fragte sich, ob er über einen Fluchtplan nachdachte.

Auch wenn Ruth überzeugt war, dass das Böse existierte, so war es vielleicht doch, wie Hannah Arendt meinte, zu einem großen Teil banal. Nur war das, was Mania getan hatte, keineswegs banal.

Felder und Häuser zogen an ihr vorbei, und sie ahnte die Felder und Häuser, die einst hier gewesen sein mussten. Bauernhöfe wie die, von denen ihr Großvater erzählt hatte – von der Geschichte verschluckt. Gräber auf Friedhöfen, die es nicht mehr gab. Menschen, die miteinander getanzt und gelacht und jiddisch gesprochen hatten und ermordet oder vertrieben worden waren. Brennende Städte, eingeschlagene Scheiben an kleinen Läden, Kinderkörper, aus denen fruchtbare Erde geworden war. Und der gutmütige Psiak, den der Bauer erschossen hatte, weil er statt zu knurren und zu bellen mit dem Schwanz wedelte.

Eine große Traurigkeit überwältigte sie. Für einen Augenblick spürte sie Kälte im Rücken. Dann kam mit dem Bewusstsein die Angst um ihre eigene und die Endlichkeit all derer, die sie liebte. Sie betrachtete Mania und sah Tomek, erinnerte sich, wie sie zu dritt auf Punk-Konzerten Pogo tanzten und schrien und wie Tomek sie an einem Herbstmorgen, bevor die Sonne aufgegangen war, weckte und dazu überredete, mit ihm den Kahlenberg hinaufzugehen. Mania lag schlafend auf der Couch in Ruths Zimmer, das war, als Ruths Eltern noch lebten. Als Ruth und Tomek oben ankamen und Wien zu ihren Füßen lag, drehte er sich zu ihr und begann zu sprechen, über Kaja, und wie sie plötzlich verschwunden war. Dass er sie vermisste, jeden Morgen, sobald er aufwachte. Dass er wusste, dass sie tot war, sofort. Dass Liebe ein Band sei und Gott tatsächlich in allem. Dass Mania sich irre, in Bezug auf Roland K., aber dass sie es nicht besser wissen könne. Ruth stutzte, weil sie nicht verstand, was er damit meinte und wer überhaupt Roland K. war.

Sie glaube, erklärte er, sie sei schuld und müsse eines Tages diese Schuld begleichen. Er sagte, dass er bei der Gegenüberstellung Roland K.s Mutter gesehen habe und seine Schwester, und dass er damals begriffen habe: Die Lösung könne niemals in der Vernichtung liegen. Weil Heilung nur möglich sei, solange es Leben gäbe. Erst heute ergaben Tomeks Worte für Ruth einen Sinn. Vor ihnen war die Sonne aufgegangen und auf die bunten Blätter der Weinberge gefallen. Erste Touristen tummelten sich auf der Terrasse und schossen Fotos. Aber Tomek fuhr fort. Dass er wünschte, er könne es Mania erklären, aber wenn Mania einmal von etwas überzeugt war, dann lasse sie niemals davon ab. Ruth hatte damals nicht nachgefragt und genickt und gedacht, dass Tomek noch betrunken war, aber jetzt, den Blick auf Mania gerichtet, schälte sich aus der Vergangenheit ein Kern heraus. Das Puzzle war zusammengesetzt, aber das Bild, das sich ergab, gefiel Ruth kein bisschen. Von dieser Erkenntnis benommen, wischte sie über den Bildschirm des Tablets. Alle vier hatten sich kurz nacheinander erhängt. Sie schaltete das Tablet aus und legte es wieder ins Handschuhfach.

»Du bist eine Mörderin«, sagte sie schließlich resigniert. Sie sagte es leise, in der Hoffnung, dass es Zahit nicht verstand, und gleichzeitig darüber erstaunt, dass sie Mania noch immer schützen wollte.

»Wer ist Roland K.?«, fragte Zahit, aber niemand antwortete.

»Eine Mörderin«, wiederholte Mania.

Plötzlich kam sich Ruth sehr naiv vor. Warum hatte sie all die Jahre daran geglaubt, dass Mania Roland K. therapieren wollte? Dass sie ihr Studium, ihr Training darauf ausgerichtet hatte, aus Roland K. einen guten Menschen zu machen. Wie oft hatte sie Mania mit ihrem Gutmenschentum aufgezogen, dagegen argumentiert, wie oft wollte sie Mania davon abbringen, sich in der JVA Moabit zu bewerben? Sie hatte Angst um Mania gehabt.

»Wer bist du?«, rief sie und bereute es im selben Moment. Manias Augenlider fielen in immer kürzeren Abständen zu.

»Ich bin so müde«, sagte sie, während Ruth bereits nach dem Steuer griff.

Das Auto hat Airbags, dachte Ruth noch, als sie bereits von der Landstraße abgekommen waren und auf die Bäume zurasten. Zahit schrie auf.

Ihm war sehr kalt und der Kopf tat ihm weh. Neben ihm wimmerte Sue und vorne saßen Mania und Ruth, eingequetscht zwischen den Airbags und ihren Sitzen, offenbar bewusstlos. Er griff nach der Klinke und öffnete die Tür. Augenblicklich krabbelte Sue über ihn und sprang aus dem Auto. Schmerz schoss durch seinen linken Arm nach oben in den Nacken. Die Hündin war fort. Er zog sich aus dem Fahrzeug, auf den Waldboden, der sandig und trocken war und seinem Körper leicht nachgab. Hier wollte er erst mal liegen bleiben.

Aus dem PKW drang Musik, der Klingelton eines Smartphones. Automatisch griff er in seine Hosentasche, aber sein Smartphone war in der Mitte angebrochen, das Display zersplittert. Etwas Schleimiges zog sich über das Gerät. Als er näher hinsah, erkannte er Blut. Sein Blick fiel auf die Jeans. Blut. Er fuhr sich mit der Hand über das Gesicht. Die Musik aus dem Fahrzeuginneren war verstummt und er hörte Manias Stimme und eine Sprache, die er weder verstand noch kannte. Aus einer nicht einschätzbaren Entfernung näherten sich Schritte und Worte, die er ebenfalls nicht verstand. Plötzlich fühlte er sich sehr erschöpft und die Kälte schien unerträglich.

Mania drehte den Kopf zur Seite und schnappte nach Luft. Erst begriff sie nicht, warum weißer Stoff vor ihr Gesicht gespannt worden war. Sie hörte vertraute Musik, die sich in Schleifen wiederholte, und aus einiger Entfernung Vogelgezwitscher. Mit der rechten Hand tastete sie und spürte Körper. Dann erinnerte sie sich. Sie quälte sich ein weiteres Mal durch den weißen Stoff und drehte den Kopf auf die andere Seite. Jetzt sah Mania Ruth und fasste nach ihrem Kopf, um ihn zur Seite zu drehen, damit Ruth besser Luft bekam. Sie scheiterte. Die wiederkehrende Melodie dröhnte vertraut und unangenehm. Plötzlich erkannte sie den Klingelton, den sie für ihre Mutter eingestellt hatte. Konzentriert suchte sie nach der Quelle. Das Smartphone lag in dem schmalen Fach zwischen Radio und Armatur, nah genug, um danach greifen zu können. Sie drückte einen Knopf und schaltete versehentlich das Radio ein: »Es ist der 29. Juni, 11 Uhr. Die Nachrichten.« Schnell drückte sie noch einmal, schaltete das Radio aus und öffnete das Fach. Der Klingelton war laut und sie musste den Impuls unterdrücken, das Smartphone zu zerschlagen. Mit aller Kraft konzentrierte sie sich und wischte über den Screen.

»Mama. Mama«, flüsterte sie. »Du musst kommen. Schnell. Ein Unfall. Wir sind auf der 50. Kurz vor der Brücke. Góra Kalwaria.«

»Du bist in Polen?«

»Auf der 50. Kurz vor der Brücke. Fahr jetzt los.«

»Gut. Ich komme. Bist du verletzt?«

Mania hörte, wie ihre Mutter die Schlüssel von der Kommode nahm und die Haustür zusperrte.

»Nicht schlimm. Aber Ruth.«

»Oh Gott. Ich rufe die Rettung.«

»Fahr einfach los.«

»Gleich, Puppe. Ich bin gleich da. Soll ich am Telefon bleiben? Soll ich weitersprechen?«

Mania wischte sie weg und tastete nach dem Sicherheitsgurt, machte ihn auf. Sie wollte nur raus, dann auf der anderen Seite zu Ruth. Sie stolperte aus dem Auto. Im Nacken brannte es. Sie griff hin und schrie auf. Schleudertrauma, dachte sie, und Gehirnerschütterung. Ruths Stimme dröhnte in ihrem Kopf: »Wer bist du!« Mania sackte in die Knie. Nur ganz kurz wollte sie sich hinlegen. Nur für den Bruchteil einer Sekunde.

Als sie blinzelte, lag jemand neben ihr. Verwirrt erkannte sie sich selbst. »Wer bist du?«, fragte sie. »Wer bist *du*?«, hallte es zurück. »Ich bin Mania«, antwortete sie. »Nein«, widersprach ihr Gegenüber. »Du bist eine Mörderin.« Übelkeit schoss ihr in den Kopf und sie erbrach sich. Ruth, erinnerte sie sich. Ich muss zu Ruth. Auf allen vieren krabbelte sie um den PKW und den Baum, gegen den die Motorhaube geprallt war. An Aufstehen war nicht zu denken, so sehr quälte sie der Druck im Kopf. »Eine Mörderin«, flüsterte sie und erbrach sich erneut. Dann zog sie die Autotür auf. »Ruth«, rief sie schwach und klopfte ihr gegen das Knie. »Ruth!« Erst jetzt bemerkte sie Zahit, der ein paar Meter weiter lag und schlief. Ihn hatte sie völlig vergessen.

Wir werden nicht sterben, dachte sie. Ich will nicht sterben. »Ruth!«, hörte sie Manias Stimme. Sie schlug die Augen auf. Alles war weiß und weich, übte aber trotzdem Druck aus. War sie tot? »Ruth!«, wiederholte Mania. Jemand schlug ihr gegen das rechte Knie. Beschwerlich drehte sie den Kopf in die Richtung. Plötzlich fiel ihr das Atmen leichter. Vor ihr standen Nadelbäume, Vögel zwitscherten. Sie sah nach unten. Mania kniete vor ihr, die Hände über dem Kopf verschränkt. Aus der Ferne näherten sich Stimmen. Erstaunt stellte sie fest, dass ihr nichts wehtat.

Die Rückbank war leer. Vorsichtig stieg sie über Mania nach draußen. Zahit lag bewusstlos in einem Ameisenhaufen.

»Hej!«, flüsterte sie und tippte ihm gegen die Stirn, wischte dabei behutsam die Ameisen aus seinem Gesicht. »Hej!« Er blinzelte. »Kannst du dich bewegen?« Schwerfällig setzte er sich auf und kratzte über seine Brust. »Du liegst in einem Ameisenhaufen.«

»Was?«

»In einem Ameisenhaufen«, wiederholte sie und schnippte gleichzeitig so viele, wie sie konnte, von seinem Hals und den Oberarmen. »Sonst fressen sie dich.«

Von hinten kam Mania zu ihnen gekrochen.

»Wo ist Sue?«

»Weggelaufen«, sagte Zahit, sprang abrupt auf und schüttelte sich.

»Ameisen«, erklärte Ruth.

»Wie, weggelaufen?«, fragte Mania.

»Rausgesprungen und weggelaufen«, erklärte er, als hätte er sich missverständlich ausgedrückt.

»Du bist ganz weiß im Gesicht«, stellte Ruth fest.

»Gehirnerschütterung, Schleudertrauma.«

»Sollen wir die Rettung rufen?«

»Meine Mutter kommt.«

Zahit schien sich der Ameisen entledigt zu haben und setzte sich wieder.

»Deine Mutter?«

»Mhm.«

Für einen Moment schwiegen sie. Auf einmal standen ein alter Mann und eine alte Frau vor ihnen. Körbe mit Beeren hingen an ihren Armen. Sie sagten etwas über ein Auto und vielleicht über ein mögliches Abschleppen. Mania antwortete etwas, das Ruth nicht verstand, aber die zwei nickten anerkennend und blieben stehen.

»Sie müsste gleich hier sein«, sagte Mania. Farbe kehrte in ihr Gesicht zurück.

Sue rannte. Tomeks Geruch in der Nase. Durch das Unterholz, konzentriert. Sie durfte nicht stolpern. Schneller. Den Geruch nicht aus der Nase verlieren. Andere, intensive Gerüche schoben sich ständig dazwischen. Wildschweine, bemerkte sie. In der Nacht war eine Bache mit ihren Frischlingen hier vorbeigelaufen. Hirsch- und Maikäfer. Überall dicke rote Ameisen. Der Duft der Nadelbäume war am stärksten. Sie war schnell, eine gute Läuferin. Geschickt wich sie dem Gestrüpp und den Ästen aus. Immer wieder piekten Brennnesseln ihr in die Nase. Manchmal verflüchtigte sich Tomeks Geruch. Sie blieb stehen, holte Luft, wartete, schnupperte. Dann rannte sie weiter, galoppierte. Der Boden wurde nasser und sie öffnete für einen Moment die Schnauze und ließ die Zunge hinaushängen. Bald würde es Wasser geben. Verschwommen erkannte sie eine Brücke. Durst. Großer Durst. Ihre Kehle brannte von dem Staub, den sie beim Laufen aufwirbelte, und der ohnehin trockenen Luft. Sie war schnell, eine gute Läuferin. Endlich erreichte sie die Brücke, rutschte die Böschung hinab und schleckte das Wasser in sich hinein. Einen Augenblick lang zögerte sie, dann tauchte sie kurz ein, sprang wieder heraus, schüttelte sich und schnupperte. Er war wieder da, Tomeks Geruch. Sie sprintete los, über die Brücke, dicht am Rand der

Straße. Neben ihr zischten Autos vorbei. Angst packte sie, aber sie sah nicht hin, sah nur geradeaus und rannte. Ein LKW hupte. Sie zuckte zusammen, wäre fast gestolpert. Tomeks Geruch. Die Brücke war lang. Der Geruch wurde deutlicher. Endlich endete die Brücke, sie konnte wieder auf Waldboden laufen, etliche Meter von den rasenden Autos entfernt, in Sicherheit. Sie spürte, wie ihre Muskeln spannten, wie ihr Herz schlug, wie sich die Pratzen auf dem heißen Asphalt wundgescheuert hatten. Am liebsten hätte sie sich hingelegt, um auszuruhen, Luft zu holen, aber das Bedürfnis nach Tomek war stärker, und je näher der Geruch kam, desto mehr schöpfte sie aus ihren Reserven und rannte weiter. Bald musste sie die Straße überqueren. Sie roch einen Fuchs. Von rechts und von links – Autos. Der Gestank war widerlich. Jetzt, jetzt konnte sie rüber. Hinter ihr hupte es. Panisch sprintete sie in den Wald. Tomek! Tomek!

Dritter Teil

9.

28. Juni 2016

Ich war mit Marina in eine schlimme Lage geraten, und anfangs wusste ich gar nicht, wie schlimm sie war.

Rückblickend ist es vernünftig, dass ich den Bericht verfasst und die Notizen hinterlassen habe. Ich habe ihn geschrieben, als Marina plötzlich verschwunden war. Anders wäre es nicht möglich gewesen. Ein halbes Jahr nach dem Pakt war meine Angst vor ihr bereits zu groß. Niemals hätte ich in ihrer Anwesenheit etwas Derartiges verfasst. Dass ich jetzt hier sitze und schreibe, birgt ein großes Risiko.

Alles hat sich fast unmerklich gewandelt. Deshalb wage ich nicht mehr, vorauszuplanen, denn ich weiß nicht, wie ich in zwei Stunden fühlen und denken werde, oder in fünf oder zehn. Ich kann es nicht einmal ahnen. Das ist weder gut noch schlecht; es ist einfach so.

Ich hatte Furcht, ich fürchte mich auch heute noch. Es hat keinen Sinn mehr, sich gegen die Bilder zu wehren. Sie kommen und gehen, und je mehr ich mich gegen sie wehre, desto schrecklicher werden sie.

Anfangs glaubte ich an Marinas Heilung. Wenn ich jetzt daran denke, dann ohne Freude. Nur ihren Körper könnte ich noch retten, und das ist ja fast nichts wert.

All dem hier liegt ein fatales Missverständnis zugrunde, eine kindische Sehnsucht, die sich nach Kajas Verschwinden in mein erwachsenes Leben hinübergeschmuggelt hat.

Wahrscheinlich verschlimmerte ich meinen Zustand früher selbst, weil ich mich so heftig dagegen wehrte, mich mit dem Vergangenen auseinanderzusetzen. Aber das wusste ich damals noch nicht.

Nach der Begegnung mit Roland K. und der Vergewaltigung, die an mir vollzogen worden war, gab es eine Gegenüberstellung. Ich litt an starken Schlafstörungen und wenn ich schlief, nässte ich in mein Bett. Sogar heute ist es mir unangenehm, das aufzuschreiben. Überhaupt, so scheint mir, ist meine Sprache vor mir zurückgewichen, wurde krakelig, wie die eines arroganten Teenagers, der Fremdworte dazwischenschiebt, ohne den Unterschied zu kennen. Dabei war die Formung meiner Sprache das einzig Ehrgeizige in meinem Leben gewesen, und selbst das habe ich nun aufgegeben. Die Schärfe meiner Gedanken und Analysen hat einer stümperhaften Küchenpsychologie Platz gemacht.

Mein Vater, der noch auf die Rückkehr meiner Mutter hoffte, hatte anfänglich Verständnis und wechselte täglich mein Laken. Je länger dieser Zustand aber andauerte und je mehr die Hoffnung auf Kajas Rückkehr schwand, desto verärgerter wurde er. Jedenfalls wurde nach der Gegenüberstellung alles schlimmer.

Auf dem Revier sah ich ein Mädchen. Sie stand dort, ihre Hand in der von Roland K.s Mutter. Ich sah, dass sie kaum jünger war als ich, und vermutete, dass es seine Schwester war. Mehr nicht. Ich war ja erst elf. Trotzdem kam mir in dem Moment ein kindlicher Gedanke: dass wir vielleicht etwas füreinander tun konnten. Ich sah zu ihr rüber und winkte.

Irgendwann fügen wir uns. Der einzige Grund, warum ich es nicht tat, war die Gewissheit nach Kajas Tod: Wir können jederzeit gehen.

Marina schläft. Großvater hat sein Arbeitszimmer für uns hergerichtet. Vor einem Jahr, kurz nach dem Pakt, besuchte ich ihn und ließ gedankenlos diesen Laptop zurück. Es ist erstaunlich, wie Geschehnisse ineinandergreifen. Mein Vorstellungsvermögen ist ja sehr begrenzt. Die Augenblicke so einzufangen, ist mir nicht gegeben. Wie sehr ich mich früher auch angestrengt habe, immer glichen die Sätze und ihre Bilder der Unfähigkeit einer ungelernten Person, die versucht, einen Durchbruch zwischen einer Schlafkammer und einem Stall zu zimmern. Vielleicht ist es besser, dass Marina mich gezwungen hat, den Journalismus, das Schreiben selbst aufzugeben. Es findet nur im Kopf statt, während die Seele beiseite steht.

Fast alles Schreckliche, das ich sehen musste, geschah immer im Sommer im Licht. Warum Menschen den Winter fürchten, erschließt sich mir nicht. Noch nie hatte ich Angst vor der Dunkelheit.

Als Mania und ich damals den Keller betraten, spürte ich sofort die Vertrautheit. Mania, die immer schon mehr dem Licht zugewandt gewesen war, schrak davor zurück und kehrte um, aber ich hielt inne, bis ich mir die Gefahr eingestehen musste, die im Dunkeln liegt, in der Ruhe, und unsere Sehnsucht nach Frieden weckt.

Auch im letzten Jahr waren es die Stunden der Nacht, in denen ich ganz klar und ohne Illusionen mein Versagen sah. Dass ich, anstatt Marina zu heilen, selbst immer stärker ihrer Krankheit anheimfiel. Das hätte mir Sorgen machen müssen, aber zu meinem eigenen Erstaunen fing ich an, ganz gleichgültig zu werden.

Meine Gedanken verwirren sich auf schläfrige Weise, aber tief in mir sitzt noch ein klares Bewusstsein, das beobachtet, und manchmal höre ich darauf, was das klare Bewusstsein mir aufträgt.

Marina hat gesagt: »Wenn ich etwas aufgeben soll, dann musst du das auch tun.« Und: »Es darf keine Geheimnisse zwischen uns geben.« Das war alles, was sie verlangte. Sie wusste ja, dass sie siegen würde. Aber ich habe sie betrogen, habe Sue und den Bericht zurückgelassen, das Smartphone mitgenommen, hinterließ diese Spur.

Vielleicht hat Mania die Hinweise falsch interpretiert, die Notizen nicht gefunden, und sucht in Wien. Vielleicht hat Ruth das Smartphone nicht geortet. Vielleicht ist Manias Flugangst inzwischen so groß, dass sie einen PKW mieten muss. Vielleicht reicht die Zeit nicht aus, und unsere Wege werden parallel verlaufen, anstatt sich zu kreuzen.

Zu Beginn glaubte ich, dass meine Nachgiebigkeit nichts zu bedeuten hätte. Dass ich in entscheidenden Augenblicken auf meine natürliche Willenskraft zurückgreifen können würde. Aber Marinas Schatten ist stärker und ehrlicher. Es wird uns ja nur immer erzählt, dass es das Licht sei, dem wir uns zuwenden sollen, weshalb nie jemand nachfragt: Warum?

Es gab einen Abend, wir kamen gerade aus dem Kino, beide in kurzen Hosen und Sandalen, wir lachten, Marina lachte. Wenn Marina lacht, lache ich auch. Eine Taube kroch auf unserem Heimweg aus dem Gebüsch. Sie hinkte und schleifte einen halb geöffneten Flügel hinter sich her. Marina war mir einige Schritte voraus, bevor sie merkte, dass ich nicht mehr neben ihr ging. Als sie sich umdrehte, kniete ich bereits bei dem Tier. Was ich da tue?, fragte sie, und: Tauben übertragen die Pest. Trotz der Angst, die sich bei ihren Worten sofort einstellte, hob ich den Vogel auf. »Wenn du willst, breche ich ihr das Genick. So geht es schnell.«

Womöglich war es mein entsetzter Gesichtsausdruck, der bei ihr die Wut auslöste. Ich hatte ja noch nicht gelernt, meine Gesichtsausdrücke zu beherrschen. Sie schrie mich an, beschimpfte mich, suchte nach Gegenständen, mit denen sie nach mir werfen konnte. Ich bestand darauf, den Vogel mitzunehmen. Meine Krankheit war also nicht weit fortgeschritten. Ich habe mir angewöhnt, es die Krankheit zu nennen. Irgendeinen Namen musste ich diesem Zustand ja geben.

Schließlich zuckte sie mit den Schultern und ließ mich mit der Taube hinterhergehen. Sue lief zwischen uns und hatte ihren Schwanz eingezogen. Am Folgetag starb die Taube, und ich weinte ein wenig.

Seit Marina ist mir meine Vergangenheit zur steten Gegenwart geworden. Mania sitzt auf meiner Brust und holt zu einem Schlag aus und ich wehre mich nicht. Warum? Heute denke ich, dass ich Mania um ihre Wut beneidete und hoffte, indem ich die Arme zur Seite fallen lasse, könnte ich etwas von der Wut in mir aufnehmen, mir das fremde Gefühl zu eigen machen. Aber erst mit Marina ist mir das gelungen. Durch Marina hat sich mein Wesen empfindlich verändert. Nur will ich sie jetzt nicht mehr, die Wut.

Mania würde ihre Aufmerksamkeit auf Marina richten, sie mit ihren wachen Augen durchdringen und entscheiden, dass ein Mensch, der bereit ist, an einem anderen Leben gleichgültig vorbeizugehen, dem es nichts ausmacht, zu töten, selbst nicht wert ist, gerettet zu werden.

Ich denke, Roland K. ist inzwischen tot. Es macht mich weder glücklich noch unglücklich.

Vom Himmel scheinen Sterne und der Mond in die Küche meines Großvaters, den Ort meiner Kindheit, an dem Weihnachten und Ostern, Feste der Freude und des Glücks, gefeiert wurden, Mania und ich Geschenke aufrissen und jubelten, und wo das

Spielzeug und die Süßigkeiten einen Tag später auf Tischen und in Ecken verdarben, während wir über die Lonka rannten, jedes Jahr ein Stück weiter, bis wir die Gleise erreichten. Dort warteten wir auf den Zug, und als er vorbeifuhr, starrte Mania ihm nach und ich blickte zu ihr und begriff, dass sie mir irgendwann davonfahren würde, dass sich kein Moment und kein Mensch aufhalten ließen.

Marinas Atem ist gleichmäßig und ruhig. Wie ist das möglich, wo wir doch heute ihr Grab ausheben sollen?

Der Tod ist nichts Schlimmes. Trotzdem fürchte ich ihn, auch wenn ich am Leben nicht hänge. Wir sind nicht zu begreifen, wir Menschen. Das einzige Lebewesen, von dem ich behaupten kann, es zu verstehen, ist der Hund.

Marina sieht als Erwachsene nicht anders aus als ein Mädchen an der Schwelle zur Frau. Die Augen zwingen einen, sie zu mögen. Von ihrem leiblichen Vater weiß sie nichts. Er ist wohl Asiate, das sieht man ihr an.

Wenn man nach seiner Kindheit zum ersten Mal von jemandem, den man liebt, geschlagen wird, reagiert man mit Erstaunen. Es kann einfach nicht wahr sein, derartige Dinge geschehen einfach nicht. Die Schläge haben ja auch nichts mit mir zu tun, und ich fühle mich nicht bedroht. Im Gegenteil, tut sie mir kurz danach leid und ich habe Angst um sie. Warum es dieses Gefühl gibt, weiß ich nicht. Es ist aber so.

Wirklich gelitten habe ich nur unter dem Schlafentzug, der kam, nachdem sie bei mir eingezogen war. Schlief ich nämlich ein, manchmal mitten in einem Satz, stieß sie mich in die Seite und weckte mich, sodass sogar Sue manchmal aufsah und die Lefzen gegen sie hochzog. Die Tage nach solchen Nächten waren kaum auszuhalten. Ich machte mir dann große Vorwürfe.

Sie brauchte viel weniger Schlaf als ich, was mir das Gefühl gab, schwach und unzulänglich zu sein, bis ich mich daran gewöhnt hatte. Wir sind imstande, uns an so vieles anzupassen. Und sie selbst kann ja nicht anders, sie verbraucht ja alle Kraft, um überhaupt zu leben.

Warum ich vor einem Jahr dachte, wirklich eine Chance zu haben, erschließt sich mir nicht mehr, denn schon nach der ersten Hälfte waren meine Freundinnen und Freunde verschwunden. Es geschah ganz unmerklich, eben ohne großes Aufsehen. Nur Zahit blieb, weil er nicht davor zurückschrak, so lange anzurufen, bis ich abhob, oder er kam einfach vorbei, setzte sich und blieb, von den Stimmungen zwischen Marina und mir unbeeindruckt. Ich denke, dass die anderen ohnehin nur Bekanntschaften gewesen waren, bloßer Zeitvertreib, wo die Einsamkeit doch für so viele schwer ertragbar ist und Ablenkung einen großen Teil unserer Bemühungen ausmacht. Deshalb vermisse ich sie nicht. Marina hatte ganz und gar recht, als sie ihre Nummern aus meinem Smartphone löschte.

Was ist Glück anderes als Momente, die durch ihre Begrenztheit bestimmt sind? Wenn ich ihren Atem aus dem Nebenzimmer höre, denke ich, dass es womöglich das letzte Mal ist, und die Freude über ihren Atem breitet sich aus und nimmt mich völlig ein.

Großvater hat mir früher oft vom Hunger in dem sibirischen Arbeitslager erzählt. Ein Hunger, der sich einstellt nach zu vielen zu kleinen Mahlzeiten und dann an einem haften bleibt.

Solange sich der Hunger nicht in Übergewicht zeigt, kümmert es niemanden.

Ich wollte Marinas Hunger nach Liebe stillen. Ich dachte, ich müsse nur lange genug wach bleiben, ihr lange genug zuhören, sie fest genug halten.

Marinas Atem war ins Stocken geraten, gleich würde sie blinzeln und nach ihm greifen. Hastig klappte er den Laptop zu und schlich in das Arbeitszimmer des Großvaters. Die Gedanken hatten sich beruhigt, die Verzweiflung hatte einer müden Gleichgültigkeit Platz gemacht. Er legte sich hinter sie, schob den Arm unter ihrem Nacken durch, sodass sie ihren Rücken an ihn schmiegen konnte. Eine Weile wollte er warten, bevor er in die Küche zurückging und weiterschrieb.

Das Zimmer roch nach altem Papier und nach seinem Großvater. Als sie in Jelonki angekommen waren und er den Schlüssel im Schloss drehte, blieb die Zeit für einen Augenblick stehen, und all die Male, in denen er vor eben dieser Tür gestanden hatte, ob mit oder ohne Schlüssel, geklopft, geläutet oder gerufen hatte, mit aufgeschlagenen Knien oder blutiger Nase, später mit verschränkten Armen vor der Brust, einem Baseballcap, und schließlich als Mann mit nie ganz aufrechter Haltung und der Angst in den Augen, dass es der letzte Besuch werden könnte, all die Male waren plötzlich heute und gestern und morgen, und er schob die Tür auf und ließ Marina zuerst hinein. Aus der Küche drang ein polnisches Partisanenlied in den dunklen Flur, der zur Eingangstür führte.

Jetzt hinter Marina liegend, summte er ihr die letzte Strophe ins Ohr: Gdy nie wrócę, niechaj z wiosną rolę moją sieje brat. Kości moje mchem porosną i użyźnią ziemi szmat. W pole wyjdź pewnego ranka, na snop żyta dłonie złóż i ucałuj jak kochanka, ja żyć będę w kłosach zbóż. I ucałuj jak kochanka, ja żyć będę w kłosach zbóż.

Mit der freien Hand streichelte er ihr den Hinterkopf, so wie sie es ihm beigebracht hatte.

Der Großvater hatte Briefmarken durchgesehen, die in aufgeschlagenen Ordnern auf dem Tisch lagen. Er hielt eine Lupe in der Hand, und ein Schlafrock flatterte um seine knochige Gestalt. »Jesteśmy«, sagte Tomek. Ein Luftzug löste den lockeren Gürtelknoten des Schlafrocks, und so stand der alte Mann nackt vor ihnen, ließ die Lupe fallen und stolperte mit freudigem Gesicht auf Tomek zu, dem bei diesem Anblick sofort die Tränen in die Augen schossen, während sich Marina beschämt wegdrehte. »Witajcie, witajcie!« Er küsste Tomek, dann Marina, bemerkte erst da seine Blöße, lachte und band den Schlafrock zu. Marina sah er eine Sekunde zu lange mit einem Ernst in den Augen an, den Tomek nicht sofort einzuordnen wusste. »Zbyszek«, stellte er sich vor und wandte sich übergangslos, ohne die Nennung ihres Namens abzuwarten, dem Wasserkessel zu. »Kawa? Herbata?« Tomek übersetzte und erklärte, dass der Kaffee mit kochendem Wasser übergossener Löskaffee sein würde. Sie baten beide um Tee.

»Warum hat er mich so angesehen?«, flüsterte Marina. »Er mag mich nicht.« Tomek schüttelte den Kopf, obwohl er wusste, dass es Marinas asiatische Gesichtszüge waren, die den Großvater irritierten.

Sie atmete wieder ruhig und gleichmäßig. Wie über ein Minenfeld stieg er von Diele zu Diele, immer den knarzenden ausweichend, bis er den Kachelboden der Küche wieder unter seinen Füßen spürte.

Es wäre mir jetzt ein großer Trost, wenn Sue bei mir wäre. Sie läge bei meinen Füßen oder säße vor mir, die weiche Schnauze auf meinem Knie, und brächte mich zum Lachen. Mania hat sie geholt und abgerichtet, aber zum Schlafen kroch Sue immer in mein Bett. Wäre nicht Sue, ich hätte viel früher aufgegeben.

Es war äußerst einfältig von mir, die Geschehnisse, so wie es Mania getan hätte, vorausplanen zu wollen. Vorausschauendes Denken liegt in ihrem Wesen, während es bei mir nur zu einer misslungenen Kopie wird, die am Original scheitert.

Hätte ich Marina doch nie von dem Keller erzählt. Hätte ich diesen Pakt doch nie geschlossen.

Vielleicht hätte ich glücklich werden können, mit meiner ersten Freundin oder der zweiten. Julia wünschte es sich so sehr, das Haus, die Kinder, den Hund. In manchen Nächten war ich von ihrem Flüstern aufgewacht: »Ein Baby, Tomek. Ein kleiner Mensch. Wir haben doch so viel Liebe zwischen uns«, und später von ihrem Schluchzen.

Wenn ich Marina beobachte, sehe ich immer ein kleines Mädchen in einem Nachthemd, das vor einem leicht gefrorenen See steht und verspielt mit dem Fuß auf die Eiskruste tappt. In manchen Träumen renne ich zu dem Kind, packe und schüttle es, bis es weint. Dann ziehe ich mein Shirt aus und wickle das Kind ein und trage es an einen sicheren Ort.

In anderen sehe ich aus der Ferne, wie das Kind Schritt für Schritt auf die Mitte des Sees zugeht, aber ich kann mich weder bewegen noch rufen. Erst mit dem Einbruch im Eis löst sich ein Schrei.

Die furchtbarsten aber sind jene, in denen ich selbst das Mädchen bin. In der Mitte des Sees ist ein Loch und ich tauche ein. Die Kälte zieht langsam meinen Körper hinauf. Wenn ich aufwache, höre ich noch das Trommeln meines Herzens.

Wir sind nicht geschaffen für diese Welt, Mania, Ruth, Zahit, Marina und ich. Die Welt hat uns zugelassen, aber wollen tut sie uns nicht.

»Warum im Keller?«, habe ich sie gefragt, »warum ein Verlies?« Sie hat mir nicht geantwortet. Vielleicht weiß sie es selbst nicht.

Was ist ein guter Mensch? Lässt sich das bestimmen? Ich frage mich, denn ich glaube, dass es sehr schwierig ist, das Gute zu fassen. Einfacher ist es, nach dem Bösen zu suchen.

Früher galt ein Erdbeben, bei dem viele Menschen starben, als ebenso böse wie ein Mord. Erst die Aufklärung zog eine Trennlinie. Von da an haftete das Böse nur noch an uns, und irgendwann wird auch das vergehen. Ich sehe sie deutlich vor mir, die andere Zeit, die kommt und das Heute in die Vergangenheit schiebt.

Über Kaja schreibe ich nie. Erst wenn das Wissen um eine Sache sich langsam im ganzen Körper ausbreitet, weiß man wirklich. Mania wusste schon mit fünf, dass Kaja sterben würde. Ich wusste es erst nach ihrem Tod. Er hinterließ einen Riss, der war kleiner als ein Staubkorn, aber groß genug, um zu begreifen, und mit den Jahren wuchs er und dehnte sich aus. Wahrscheinlich hat jeder Mensch seinen Riss, der größer wird, bis man eines Tages hindurchpasst und geht. Ich kann mich an keinen Tag erinnern, an dem ich nicht an sie dachte. Der Gedanke ist da und dann ist er fort.

Nie habe ich unschuldigere Augen gesehen als die von Marina. Sie könnte ein Lebewesen töten, ohne dass ihr Blick sich trübt. Aber dafür gibt es keine Beweise und kein Gericht.

»Pierwsze promienie słońca. Zaras się obudzi.« Tomek blinzelte in das Gesicht seines Großvaters. Gleich darauf fuhr er zusammen. »Skąd wiesz?«, fragte er verblüfft, packte aber, ohne die Antwort abzuwarten, seinen Laptop in die Schublade und schlich ins Arbeitszimmer.

»Wo warst du?«

»Auf dem Klo.«

»Aha«, antwortete sie noch immer friedlich und grub sich in seine Achselhöhle.

Plötzlich war ihm Kaja sehr nahe, und er spürte eine leichte Erschütterung in der Brust, als würden die Lungen für einen Augenblick in sich zusammenklappen wie Flügel von Pinguinen. Um sich zu vergewissern, dass noch alles funktionierte, holte er einige Male tief Luft. Er war ja ein Mensch. Er musste atmen.

Fast lautlos war Kaja verschwunden, über die Jahre war sie immer weniger geworden. Wenn sie die Treppe zu seinem Zimmer hinaufging, hörte er sie nicht mehr kommen, und erst, wenn sie hinter ihm stand und die Hand auf seine Schulter legte, sah er von seinen Schulaufgaben auf. Sie stellte ihm einen Teller mit kleingeschnittenem Obst hin und fuhr durch seine Locken. »Geht es?«, fragte sie dann besorgt, betrachtete das Blatt mit Rechenaufgaben. »Sollen wir sie gemeinsam machen?« Glücklich darüber, Zeit mit ihr zu verbringen, rückte er zur Seite und sie holte einen der kleinen Stühle aus seiner Spielecke.

Zu malen hatte sie schon vor geraumer Zeit aufgehört. Die Bilder ließen sich in Wien nicht verkaufen. So schrubbte sie halbtags die Böden und Fenster ihrer Nachbarn, stockte damit das Familieneinkommen auf. Der Vater betrachtete es mit Argwohn. Er verdiene schließlich genug, und wenn sie schon arbeite, dann doch etwas Richtiges, mit Pensionsanspruch. Das mit dem Malen sei ohnehin nur Zeitvertreib gewesen. »Wer soll ihm dann bei den Hausaufgaben helfen?«, konterte sie. »Bald wirst du ihm keine Hilfe mehr sein.«

Nach der Wende gewannen Kajas Bilder laufend an Wert. Und jetzt konnte Tomek von dem Verkauf eines Bildes ein Jahr lang die Miete bezahlen.

Hätte er damals etwas gesagt, an den Abenden, wenn sein Vater sich über die Schwielen an ihren Händen lustig machte, auf ihre Bilder zeigte und murmelte: »Wer will so was denn? So was will nicht mal ich mir jeden Tag ansehen.«

Es wäre seine Aufgabe gewesen, sich vor Kaja zu stellen, sie dem Wind zu entreißen. Aber die eigene Angst war immer zu groß gewesen. Mit Marina hatte er geglaubt, eine zweite Chance zu bekommen, doch er versagte erneut und wartete wieder auf Mania.

Der Großvater nickte und schlug ein weiteres Ei in die Pfanne. Marina schlang das Butterbrot hinunter, wie er sie noch nie essen gesehen hatte. Tomek nippte an dem Schwarztee.

»Szkoda, że tak znowu jedziecie.«

»Was sagt er?«, fragte Marina mampfend.

»Es ist schade, dass wir wieder fahren.«

»Sag ihm, es schmeckt toll.«

»Ich denke, das sieht er.«

»Sag es trotzdem!«

»Bardzo jej smakuje.«

»To dobrze, dobrze«, antwortete der Großvater. Eierspeise wurde auf ihre Teller verteilt.

»Twoja mama też lubiła jajecznice.«

»Was?« Marina stieß ihn sanft an, als er nicht sofort zu übersetzen anfing.

»Meine Mutter hat auch gerne Eierspeise gegessen.«

»Sehe ich wie deine Mutter aus?«, neckte sie.

»Nein.« Danach war es still.

Der Großvater kümmerte sich nicht weiter um sie und blätterte durch seine Briefmarkensammlung. Sonne fiel durch die vom Rauch vergilbten Vorhänge in die Küche. Nichts hatte sich seit seiner Kindheit verändert, selbst der Wasserkessel war noch der alte aus Aluminium, und Tomek dachte, wie verwunderlich es war, dass die von Menschen gemachten Gegenstände dazu neigten, die Menschen zu überdauern. Der Wasserkessel könnte, nachdem sein Großvater gestorben sein würde, weitere hundert Jahre mit Wasser befüllt und auf den Gasherd gestellt werden, nur dass es inzwischen elektrische Wasserkocher gab, die schneller und ansehnlicher waren, und wahrscheinlich würde der alte Aluminiumkessel nach Großvaters Tod auf dem Schrottplatz landen. Die Gegenstände überdauerten den Menschen, doch beide wurden von der Technik überholt.

»Ich gehe noch duschen«, sagte Marina. Ihr Teller war leer und sie grinste. Er nickte ihr zu, rang sich ein Lächeln ab und aß auf. Klebrigtrocken lag der Bissen Brot auf seinem Gaumen, fast musste er husten.

»Gdzie jedziecie?«, fragte Großvater, ohne von den Briefmarken aufzusehen.

»Nie daleko«, antwortete er.

»A gdzie pies?«

Tomek sah ihn erstaunt an. Er hatte geglaubt, der alte Mann hätte den Hund längst vergessen. Ein weites Feld rollte sich vor ihm aus, auf dem Sue lange Kreise zog, nach großen Holzklötzen suchend. Von der Wärme und der Bewegung verschwitzt stand sie da mit offenem Maul und die lange Zunge schwappte beim Laufen von einer auf die andere Seite.

»Została z przyjacielem«, antwortete er und würgte den Bissen Brot hinunter. Dann ballte er die Faust und ging sich anziehen. Es war acht Uhr. Der Tag hatte begonnen.

10.

Marina sah lächelnd aus dem Fenster, massierte seinen Nacken, während er einen Umweg an der ersten Brücke vorbeifuhr, um die bei Góra Kalwaria zu nehmen. Zu seinem Erstaunen bemerkte sie es nicht. Vielleicht ließ sie ihm aber auch Zeit, manchmal gelang ihr das. Wahrscheinlich hatte sie auch recht, dass es müßig war, darüber nachzudenken, was heute geschehen sollte, und so überließ auch er seine Aufmerksamkeit den Bildern, die an ihm vorbeizogen, den Waldstücken und den Häusern dazwischen. Schlampig eingezäunte Grundstücke mit kleinen, grauen Gebäuden aus kommunistischen Zeiten standen dicht an dicht mit mafiösen Villen und bewiesen, dass sich im Osten Europas die Gleichzeitigkeit von Vergangenheit und Gegenwart noch nicht aufgelöst hatte, um in die Zukunft des Westens überzugehen.

Etwas hielt die Länder jetzt zurück. Nach der Wende waren die Menschen über zwei Jahrzehnte lang dem Westen geduckt hinterhergelaufen, sie übergaben Grund und Boden und Steuern, verkauften ihre Arbeitskraft billig, nur um die Süße von unbeschränktem Konsum erahnen, ohne sie tatsächlich kosten zu können.

Ihre Weltsicht, die gleichsam ihr Gefängnis gewesen war, war gescheitert. Zugleich wurden mit dem Scheitern ihre Träume wahr. Aus ihnen stemmte sich eine neue Generation an die Oberfläche und richtete sich auf.

Die Polen, wie die Juden über die Kontinente verstreut, mussten lernen, die Scham des Landstreichertums abzustreifen und in ihrer Elastizität die Stärke entdecken. Als Konsequenz zogen sie scharfe Grenzen um eine Erde, die sie, kaum hatten sie sie nach dem Ersten Weltkrieg besessen, nach dem Zweiten wieder verloren hatten.

Es war das Jahr 2016, ein Jahr nach den Wahlen, die das Land in ein rechtes und ein rechtsextremes Lager gespaltet hatten. Im Sommer 2015, vor dem Pakt mit Marina, war Tomek nach Warschau gefahren und hatte Interviews geführt. Bei den Älteren herrschte Wut und Angst, bei den Jungen eine stolze Gleichgültigkeit. Die Älteren sahen aus den Fenstern der Plattenbauten nur die Fehler der Nachwendezeit, die sie in ihrem damaligen Enthusiasmus scheinbar unbeschränkter Möglichkeiten übersehen hatten. Waren sie damals bereit gewesen, das vom Kommunismus ungelenk hinterlassene ökonomische Feld dem Know-how westlicher Kommerzriesen zu überlassen, so entschieden sie nun, sich doch zumindest noch auf Werte festzulegen.

Ein Wettstreit um diese Werte hatte begonnen, und auch dieses Mal wurde der Kampf auf Kosten der Minderheiten geführt. Emanzipation, die Rechte von Frauen, Lesben und Schwulen galten als Grundpfeiler einer zivilisierten westlichen Gesellschaft. Was anderes blieb dem Osten übrig, als trotzig dagegenzuhalten?

Tomek betrachtete Marina aus dem Augenwinkel. Sie hatte eine Packung Cashews aufgerissen, steckte auch ihm regelmäßig eine Nuss in den Mund und freute sich darauf, in den kommenden vierundzwanzig Stunden endlich dieses beschwerliche Leben, eine Welt, die sie nie gewollt hatte, zu verlassen, weil alles, was danach kam, nur besser sein konnte.

Ganz plötzlich war ihm sehr übel und er fuhr rechts ran, parkte vor einer soliden Birke, riss die Autotür auf und übergab sich. Brotklumpen und Eierspeise landeten auf einem Ameisenhaufen. Erbost stoben die Ameisen auseinander. Tomek schloss die Autotür und fuhr weiter.

»Das ist es?«, fragte Marina. Er nickte.

Sie hatten das Auto in einiger Entfernung von dem Trampelpfad, der zu dem Haus führte, stehen gelassen und sich sofort verlaufen. Zu seinem Erstaunen blieb Marina ruhig. Sie folgte ihm durch das Unterholz. Um sie herum war der Wald wie das Meer, aber die Stadt war ja nah, der Wald konnte nicht unendlich sein.

Sein Smartphone lag bei Großvater auf dem Fensterbrett. Sicher sei sicher, hatte Marina gemeint und er ertappt den Blick gesenkt. Mit dem zurückgelassenen Smartphone starb ein Großteil seiner Hoffnung. Ruth würde ihn bis zur Wohnung des Großvaters tracken, danach verlor sich ihre Spur. Nur, wenn Mania die Notizen gefunden hatte, würde sie sich an das Haus in Otwock erinnern.

»Du hast nichts erzählt von einem See«, sagte Marina und warf einen Stein hinein. »Weil ich nichts davon wusste«, entgegnete er, der den See erst wahrnahm, als der Stein die Oberfläche durchbrach. Sie kämpften sich weiter durch Brennnesseln und Sträucher. Der hohe Nadelbaumbestand ließ kurze Pfade entstehen, die alsbald wieder endeten. Trotzdem standen sie irgendwann vor dem Haus.

Damit, dass es noch genauso aussah wie vor 25 Jahren, hatte er nicht gerechnet. Einsam wirkte es, auf seiner knappen Lichtung, umzingelt von Bäumen, die schlank in den Himmel ragten. Kein Obdachloser, der sich darin ein Zuhause eingerichtet hatte. Er hörte Manias Worte »Baba Jaga« und ein Schauer floh über seinen Nacken. Für einige Sekunden bewegte er sich nicht.

»Hier steht ein Fenster offen!«, rief Marina begeistert. Sie warf den Rucksack voraus und hievte sich selbst geschickt hinterher. Die ganze Fahrt über, auch bei seinem Großvater, war ihm der Rucksack nie aufgefallen. Es war ja ganz normal, auf eine Reise einen Rucksack mitzunehmen. Jetzt fragte er sich, was es war, das sie eingepackt hatte.

»Kommst du?«, hörte er ihre ungeduldige Stimme aus dem Hausinneren. Sofort zog er die Taschenlampe von seinem Gürtel und sprang durch das Fenster. Der Geruch vermoderten Holzes kam ihm entgegen. Alles war an dem Platz seiner Erinnerung. Der Küchentisch, vier Stühle, im Wohnzimmer eine zerfetzte Couch, vor der Couch der Abgang in den Keller, davor Marina oder Mania, er wusste es nicht.

»Ich will ihn sehen, deinen Keller!«

Wie sie noch lächeln konnte? Als wären sie auf einer unschuldigen Erkundungstour. Zwei Kinder, ein Wald, ein Haus, ein Keller.

»Du musst vorsichtig sein. Die Leiter war damals schon …«

Perplex standen sie voreinander, dann mussten sie beide lachen.

»Als ob«, sagte sie.

»Ja, stimmt.«

»Dann wäre es vorbei.«

»Gebrochenes Genick. Tot.«

Sie legte, seine Worte veranschaulichend, den Kopf zur Seite, streckte die Zunge heraus, verdrehte die Augen.

»Kriegst du kalte Füße?«, fragte sie und ihr Lachen erstarb. Erschrocken schüttelte er den Kopf. »Vergiss nicht, du hast es versprochen.«

»Lass mich zuerst«, sagte er und schob sie zur Seite. Sprosse für Sprosse tastete er sich ins Dunkel. Sie stieg ihm nach und machte hinter sich die Klappe zu.

»Was sie hier wohl gelagert haben?«

»Kohle?«

»Nein.« Sie knipste die Taschenlampe an. Beide betrachteten die Wände, die aus großen Steinblöcken bestanden. Es gab eine Zwischenwand mit einem Eisengitter.

»Sie haben das Haus auf eine Ruine gesetzt.«

»Hier ist nichts!« Dann machte sie das Licht wieder aus.

»Hast du Hunger?«

»Nicht wirklich.«

»Aber dein Magen ist doch ganz leer. Ich habe Butterbrote geschmiert.«

»Mir ist nicht nach Essen.«

»Angst?«

»Wovor?«

»Vor dem Dunkel?«

»Das Dunkel macht mir nichts aus.«

»Nie?«

»Kann mich nicht erinnern.«

»Mein Bruder hat mich manchmal in die Abstellkammer gesperrt. Da hatte ich Angst.«

»Liebst du mich?«

»Natürlich.«

»Obwohl ich alles falsch mache?«

»Tust du nicht.«

»Oh doch. Ich kann gar nicht anders.«

»Tust du nicht.«

»Willst du kein Butterbrot? Ich esse jetzt eines.«

»Mach mal.«

»Mhm. Butter mit Salz.«

»Nein. Wirklich.«

»Trink wenigstens etwas. Du dehydrierst mir noch.«

»Willst du mit mir schlafen?«, fragte sie.

»Hier?«

»Warum nicht hier? Wir könnten ein Baby machen.«

»Was?«

»Wir könnten das Haus renovieren. Ein Garten.«

»Ein Zaun.«

»Sue würde uns bewachen.«

»Erdbeeren anpflanzen.«

»Wie würde er heißen?«

»Emil.«

»Emil?«

»Oder Kosta.«

»Kosta gefällt mir. Wir müssten eine Rampe bauen.«

»Wofür?«

»Na für Kosta.«

»Weil?«

»Weil er im Rollstuhl säße.«

»Unser Sohn säße im Rollstuhl?«

»Glaubst du, ich will einen Jungen, der sich bewegen kann?«

»Liebst du mich?«

»Natürlich.«

»Egal was kommt?«

»Egal was kommt.«

»Das glaube ich dir nicht.«

»Aber ich bin doch hier.«

»Weil du es versprochen hast.«

»Nein.«

»Wenn ich dir jetzt sagen würde: Du kannst gehen?«

»Spürst du so was wie Frieden?«

»Keinen Hass mehr.«

»Aber keinen Frieden?«

»Waffenstillstand.«

»Ich muss aufs Klo.«

»Willst du nach oben?«

»Nein, nein. Wir gehen nicht mehr hoch.«

»Dann mach doch einfach.«

»Einfach hier?«

»Mich stört das nicht.«

»Dich stört es nie.«

»Warum sollte mich stören, wenn du auf den Boden pisst?«

»Weil dich nie etwas stört. Nie.«

»Es stört mich, dass du sterben willst.«

»Aber du lässt mich.«

»Erzählst du mir eine Geschichte?«

»Eine bestimmte?«

»Irgendeine, die dir einfällt.«

»Es war einmal ein Mann, der liebte sehr die Musik. Wann immer es ihm möglich war, saß er an seinem Klavier und spielte.«

»Was spielte er?«

»Ich glaube, er mochte wie so viele gerne die Romantiker, also spielte er wahrscheinlich Chopin oder Schubert. Aber mindestens so sehr wie die Musik liebte er seine Frau. Sie war seine erste Liebe und dabei wollte er es auch belassen. Für ihn sollte sie auch seine letzte sein.«

»Ein Kavalier der alten Schule.«

»Genau. Er erträumte sich für sie beide ein schönes Leben, in dem er in einem Orchester spielen würde und sie zu Hause bleiben konnte, um sich den Kindern zu widmen. Irgendwann würden die Kinder auch Kinder kriegen und er und seine Frau wären Großeltern, stolze, und er würde für alle Klavier spielen.«

»Aber.«

»Aber leider hatte die Frau bald nach ihrer Hochzeit einen Unfall und fiel ins Koma. Die Ärzte meinten, ihr Gehirn sei tot, nur noch der Körper, die Organe seien am Leben.«

»Also musste er entscheiden, ob er die Maschinen abdrehen lässt.«

»Das kam für ihn überhaupt nicht infrage und er stellte ein Klavier in ihr Krankenzimmer und kam jeden Tag und spielte für sie und natürlich auch für den Rest des Krankenhauses, und alle liebten seine Musik und also auch ihn.«

»Das ist noch nicht der Clou.«

»Nein. Denn eines Tages klopfte es an der Tür und eine Mutter betrat das Zimmer. Sie sagte, sie habe seinem Spiel zugehört und es habe ihr Mut gemacht, denn ihre Tochter liege auch hier im Krankenhaus und sei sehr krank. Wahrscheinlich habe sie nicht mehr lange zu leben. Das machte das Ohr des Klavierspielers empfänglich, er konnte den Schmerz der Mutter ja gut nachvollziehen. Ob er ihre Tochter besuchen wolle, fragte sie ihn, und er kam mit und lernte sie kennen.«

»Oh nein. Ich weiß, wie es weiter geht.«

»Und wie geht es weiter?«

»Die Tochter braucht eine Herztransplantation und die Mutter hat bereits in Erfahrung gebracht, dass die Frau des Klavierspielers ein passendes Herz für ihre Tochter hätte.«

»So ist es, aber das ist nicht der Clou.«

»Na gut, erzähl weiter.«

»Die Mutter ist ja eine Mutter und somit sehr geschickt, wenn es um die Rettung ihrer Tochter geht. Sie erzählt nicht sofort von der Transplantation, sondern wartet, bis die beiden sich näher kennenlernen. Manchmal kommt die Tochter auch mit und hört ihm beim Klavierspielen zu. Und weil er ja so wunderbar spielt, verliebt sie sich bald in ihn.«

»Und er sich in sie.«

»Geduld, Geduld. Die Tochter gesteht ihm also, dass sie um die Vereinbarkeit der beiden Herzen weiß und dass sie ihn liebt. Erst quält es den Klavierspieler, aber dann erkennt er darin die mögliche Antwort auf all seine Gebete. Eine zweite Chance. Das gleiche Herz in einem anderen Körper. Schließlich willigt er ein, steigert sich geradezu hinein in diese Idee, dass es seine Frau sein wird, die da aus dem Operationsraum lebendig wieder herauskommt.«

»Aber?«

»Nichts aber. Die Operation verläuft erfolgreich. Das Herz schlägt. Sie macht die Augen auf, nur, in dem Moment, als er sie wirklich ansieht, wird ihm klar, dass sie niemals seine Frau sein wird. Dass er sie ein zweites Mal verloren hat und diesmal für immer. Er verlässt die Tochter und beschließt, überhaupt nie wieder Frauen zu lieben. Und er widmet sich ganz seiner Musik, die ihm die Trauer und die Schuldgefühle – was wäre gewesen, hätte er dieser Transplantation niemals zugestimmt, vielleicht wäre sie eines Tages aufgewacht, man weiß es ja nicht, es gibt schließlich Wunder, denn Ärzte irren sich bekanntlich – überhaupt erträglich macht.«

»Hm.«

»Möchtest du noch eine Geschichte?«

»Wenn ich morgen tot bin, wirst du dir denken: Sie wollte es so, also ist es gut.«

»Aber ich habe das ganze Jahr.«

»Und jetzt gibst du auf.«

»Wir haben es ausgemacht.«

»Da hältst du dich dran.«

»Wie meinst du das?«

»Mir ist kalt.«

»Hier, ich habe eine Decke mitgenommen.«

»Kommst du mit?«

»Willst du, dass ich mitkomme?«

»Zu zweit wäre es leichter.«

»Dann lass uns zu zweit bleiben.«

»Warum hängst du so dran?«

»Tu ich nicht. Aber gehen möchte ich eben auch noch nicht.«

»Also hängst du dran.«

»Von mir aus.«

»Rede nicht so mit mir. Bald bin ich weg.«

»Wie soll ich denn mit dir sprechen?«

»Stört es dich überhaupt nicht, dass ich morgen tot bin?«

»Doch! Natürlich!«

»Du weißt, wie es ist. In einem Jahr lernst du eine Neue kennen. Dann macht ihr ein Baby. Du schreibst ein Buch.«

»Warum sagst du so was?«

»Weil es wahr ist. Weil du mich vergessen wirst. Weil du jetzt schon anfängst, mich zu vergessen. Weil du müde bist von mir. Insgeheim wünschst du dir, dass ich keinen Rückzieher mache, damit du endlich befreit bist von deiner Buße, deinem dummen Versprechen. Damit du endlich weiterleben kannst. Weil du glaubst, ohne mich bist du normal. Weil du glaubst, das bin alles ich.«

»Hör auf damit.«

»Weinst du jetzt? Ich bringe mich um und du weinst?«

»Aber.«

»Lügner!«

»Ehrlich.«

»Du willst nur siegen. Aber das wirst du nicht. Dieses Mal gewinnt keiner.«

Er wusste nicht, ob der Donner, der ihn weckte, aus seinen Träumen kam. Als er die Augen aufschlug, wusste er nicht, ob er noch schlief. Er schrie auf. Die Dunkelheit drohte alles zu ersticken. »Marina«, flüsterte er, um sie im Zweifel nicht zu wecken. »Marina.«

Der zweite Schrei drang aus einer Tiefe, die ihm fremd war. Es war keine Angst mehr, es war Furcht, die in seine Glieder fuhr. »Marina«, sprach er, dieses Mal mehr zu sich selbst.

Wie hatte er einschlafen können? Dann erinnerte er sich an das Wasser. Sie musste eine Schlaftablette darin aufgelöst haben. Er wollte aufstehen, wurde am Handgelenk zurückgerissen, saß wieder auf dem Boden. Etwas lag da. Er tastete, knipste die Taschenlampe an. Seine Gedanken bewegten sich langsam. Schlaftabletten kannte sein Gehirn nicht, aber so viel erfasste es: Um sein Handgelenk lagen Handschellen, die an das Eisengitter befestigt waren, und Marina war fort.

Er wollte wissen, wie spät es war. Er wollte seine Blase entleeren. Er wollte, dass dieses Flattern seinen Brustkorb verließ, damit er wieder klar denken konnte. Als das Flattern wich, kamen mit dem Schmerz die Tränen.

Auf seiner Uhr war es elf. Nachts oder morgens, das ließ sich nicht ausmachen. Wo waren Mania und Ruth? In seinem angeketteten Arm prickelte es. Weshalb kam ihm niemand zu Hilfe? Schüttelfrost bedrängte ihn und er griff nach der Decke.

Wo war sie hin? Warum lag sie nicht wenigstens tot an seiner Seite? Selbst um zu sterben, hatte sie ihn letztlich verlassen.

Was würde Mania tun? Hör auf zu heulen, würde sie schreien. Hör auf zu heulen! Hunger. Ausgerechnet jetzt meldete sich sein leerer Magen. Eine Papiertüte und eine Wasserflasche lagen in Reichweite. Er griff nach der Tüte, zerrte die Butterbrote heraus und schlang sie hinunter. Schwach war er. Schwach und unzulänglich, weil er jetzt aß, während Marina irgendwo verblutete.

Das Essen beruhigte seine Nerven. Konzentriert leuchtete er jeden Winkel des Kellers aus. Direkt neben der Leiter lag auf dem Boden ein Schlüssel. Es musste der für die Handschellen sein. Er machte sich lang, streckte sich so weit er konnte und kam nicht einmal in die Nähe des Schlüssels. Erneut erfasste ihn Panik. Die Klarheit schwand, und er vergrub das Gesicht zwischen den Knien und weinte.

Plötzlich wurde er sehr müde, als drückte ihm ein Gewicht die Augen zu. Er dachte an das Butterbrot und daran, dass sie geahnt haben musste, dass er dem Wasser misstrauen und stattdessen zum Essen greifen würde. Verflucht war seine Schwäche, verflucht dieser Körper, der so einfach außer Gefecht gesetzt werden konnte, verflucht war er, der ständig versagte. Seine Augen tasteten nach etwas Spitzem, einer Scherbe, einem Nagel, nach etwas, womit er beenden konnte, was sie begonnen hatte. Es gab nichts. Sogar den Gürtel hatte sie ihm ausgezogen. Was sie sich selber zugestand, verwehrte sie ihm.

Dann schlief er ein.

11.

Sue rannte um das Haus herum, rannte und bellte und wusste, dass Tomek da drin war. Noch lauter konnte sie nicht bellen, aber nichts rührte sich. Aufgerichtet, die Vorderpfoten gegen die Wand gedrückt, sah sie durch ein Fenster hinein und schnupperte. Warum hörte er sie nicht? Verzweiflung überkam sie und sie winselte, drehte sich ein paar Mal im Kreis. Dann nahm sie Anlauf und sprang durch das Fenster. Alle Zimmer waren leer. Sie folgte der Spur, scharrte auf der Stelle im Holzboden, wo der Geruch am stärksten war. Niemand antwortete ihr, nichts regte sich.

Erneut schnupperte sie und fing Marinas Geruch auf. Am Fenster roch er wie gewohnt, doch er führte von Angst durchsetzt wieder aus dem Haus. Sie folgte der Spur, etwas trieb sie dazu. Hinaus aus dem Haus, zurück in den Wald. Die Angstspur roch strenger als die von Tomek und endete am Ufer des Sees. Sue stieg langsam ins Wasser, hielt nach Marina Ausschau, tastete mit den Pfoten den Grund ab. Marina war nirgends zu sehen, dann tauchte Sue ab.

Sie zerrte an der Lasche des Rucksacks, wollte Marina daran zur Oberfläche ziehen. Marinas Arme schlüpften aus den Trägern. Die Hündin kraulte an die Oberfläche, holte Luft und tauchte erneut. Die Schnauze in Marinas Achsel geklemmt, drückte sie Marina durchs Wasser hinauf und zurück ans

Ufer. Die Beine blieben im Wasser, für mehr reichte die Kraft nicht. Sie legte sich daneben, erschöpft, lauschte auf Stimmen und Schritte, stupste von Zeit zu Zeit Marinas Körper an und wartete. Irgendwann hörte sie die Stimme von Manias Mutter, rappelte sich hoch, bellte und lief los.

Manias Mutter stand gegen die Spüle in ihrer Wohnung gelehnt. Dort saßen die anderen auf der Couch und den Sesseln. Sue zwischen Tomek und Mania, Ruth und der junge Syrer ihnen gegenüber, in der Mitte stand der Tisch, auf den sie eine Karaffe mit frischer Limonade und Erdnüsse in einer Schale gestellt hatte.

Tomek sah aus dem Fenster und murmelte etwas vor sich hin, das Manias Mutter aus der Entfernung nicht verstand. Die anderen schwiegen. Ruth wischte auf ihrem Tablet herum. Der junge Syrer blätterte in einem ihrer Modemagazine. Nur ihre Tochter schien in Gedanken versunken und schmiedete wahrscheinlich einen neuen Plan, einen von denen, die sie irgendwann das Leben kosten oder in ein Gefängnis bringen würden, nur wäre sie diesmal selbst hinter Gittern.

Mania würde ihrer Mutter wie immer nichts erzählen, und diese müsste sich wieder alles aus den vorsichtig verstreuten Hinweisen zusammensuchen und es in die richtige Reihenfolge bringen. Ihr Glück, dass es schon bei Manias Vater so gewesen war und sie Übung darin hatte. Immer Geheimnisse, plötzliche Aufbrüche ohne Erklärung und dazu diese unglaubliche Sturheit. Es brachte auch nichts, sie zur Rede zu stellen. Weder Mania noch ihr Vater schraken davor zurück, ihr offen ins Gesicht zu lügen. Oft fragte sie sich, was Mania eigentlich von ihr hatte außer Augenbrauen und Nase.

Sie stellte die Espressokanne auf den Herd und überlegte, wann wohl das Krankenhaus anrufen und wie lange Marina noch bewusstlos sein würde. So eine schöne, junge Frau. Wo Tomek sie wohl kennengelernt hatte?

Die Angelegenheit mit Roland K. hätte damals nicht in Schweigen ersticken werden dürfen. Und auch Kajas Suizid. Es war ein Fehler gewesen, zu glauben, dass sich die Zeit darum kümmern würde.

Sie erinnerte sich, wie sie mit Tomek und Adam, dessen Vater, auf dem Revier gesessen hatte, als plötzlich die Frau mit dem kleinen Mädchen an der Hand im Gang stand, hinter ihr, geduckt, die Mütze tief in die Stirn gezogen, ein Junge, vielleicht fünfzehn Jahre alt, es war Roland K., und hinter ihm ein Polizist, der ihn antrieb. Die Gegenüberstellung war nur noch eine Formalität, denn Mania hatte Roland K. bereits identifiziert, aber wahrscheinlich wollte der Staatsanwalt, dass sie und Adam die Mutter und Schwester von Roland K. sahen.

Als sie die Frau am Ufer des Sees fand, erschrak sie so sehr, dass sie zunächst weggehen und sie dem Lauf des Lebens oder eben des Todes überlassen wollte.

Schnell besann sie sich aber und rief einen Krankenwagen. Ein Unfall beim Schwimmen, erklärte sie, damit die Polizei nicht verständigt würde. Der junge Syrer hatte wahrscheinlich keine Papiere.

Allzu gerne hätte sie gewusst, wie alles zusammenhing. Aber Tomek war, seitdem ihn die anderen aus dem Keller befreit hatten, nicht ansprechbar. Dass er jetzt so ruhig im Wohnzimmer saß, wunderte sie und sie machte sich große Sorgen, wie es mit dem Jungen weitergehen würde. Hoffentlich würde Adam bald hier sein und sich um seinen Sohn kümmern. Das alles überstieg ihre Kräfte. Schließlich war sie keine zwanzig mehr. Sie schüttelte den Kopf, als wollte sie das Gedachte unterstreichen, und starrte auf die Espressokanne.

»Mama!«

»Mama! Dein Telefon!«

Jetzt hörte auch sie den Klingelton und wischte über den Bildschirm, einmal, zweimal. Nie würde sie sich an diese Geräte gewöhnen. Als sie auflegte, sahen alle außer Tomek erwartungsvoll in ihre Richtung.

»Sie ist aufgewacht«, sagte sie und versuchte, dabei zu lächeln. »Ich fahre gleich los.«

Niemand reagiert. Mania, Ruth und Zahit sehen immer wieder zu Tomek und dann zu Boden. Lange Zeit sagt niemand ein Wort, nicht einmal Sue hebt den Kopf. Zum ersten Mal seit dem Haus sind sie miteinander alleine.

Mania: Hast du Hunger? Möchtest du etwas essen? Ich könnte. Może jajecznica?
Tomek schüttelt den Kopf.
Zahit: Ich.
Mania: Du weißt, wo die Küche ist.
Ruth: Dann mach halt ich.

Niemand steht auf.

Tomek: Vergiss nicht, dass auch du, plötzlich,
an jenem Morgen, als dein Lager
noch naß war von Tau und die Nelke
an deinem Herzen schlief,
den dunklen Fluss sahst,
der an dir vorbeizog.
Zahit: Was redet er?
Ruth: Ein Gedicht.
Zahit: Was für ein Gedicht denn?
Mania: Schhh. Lass ihn.
Tomek: Die Saite des Schweigens
gespannt auf die Welle von Blut,
griff ich dein tönendes Herz.
Verwandelt ward deine Locke
ins Schattenhaar der Nacht,
der Finsternis schwarze Flocken
beschneiten dein Antlitz.
Zahit: Ist er? Na ja?
Tomek: Und ich gehör dir nicht zu.
Beide klagen wir nun.
Aber wie Orpheus weiß ich
auf der Seite des Todes das Leben
und mir blaut
dein für immer geschlossenes Aug.

Ruth: Sie ist aufgewacht.

Tomek: Sie wird wütend sein.

Mania: Genau wie Kaja.

Tomek: Genau wie Kaja.

Ruth: Willst du zu ihr?

Tomek: Nein.

Zahit: Psychopathin.

Mania: So ist das.

Ruth: Und du?

Tomek: Was wäre Orpheus ohne Eurydike.

Mania: Was wäre Atreju ohne das Nichts. Was wären die Jedi-Ritter ohne das Imperium? Was wäre David ohne Goliath?

Zahit: Was?

Ruth: Was wirst du sein, ohne Roland K. und dein Gefängnis?

Tomek: Er ist also wirklich tot?

Zahit: Wer ist Roland K.!?

Tomek: Wann?

Mania: Gleich, nachdem du verschwunden warst.

Ruth: Nachdem *du* weggefahren bist.

Zahit: Hallo!

Mania: Ein freier Mensch.

Zahit: Was?

Mania: Ich werde ein freier Mensch sein.

Tomek: Ein freier Mensch.

Ruth (zu Zahit): Das lässt sich nicht so einfach erklären.

Tomek: Warum bist *du* hier?

Zahit: Ich? Geht es jetzt um mich?

Tomek: Sie hat mich in diesem Keller angekettet und Schlaftabletten ins Wasser und Essen gemischt.

Zahit: Psychopathin.

Mania: Wo hast du sie kennengelernt?

Tomek: Der Wind hat sie an mein Ufer geweht.

Ruth: Tatsächlich?

Tomek: Es war eine sehr starke Böe.

Ruth: Ich würde nun doch ein Rührei.

Zahit: Ja!

Mania zündet sich eine Zigarette von ihrer Mutter an. Es sind Menthol-Zigaretten. Sie hustet, hält Tomek die Packung hin. Er lehnt ab.

Mania: Wie?

Tomek: Du glaubst, nur du durchschaust alle, du glaubst, dass du an allen einen Faden anbringen kannst, und dann ziehst du daran, wann immer es dir passt. Du glaubst, dass nur du damals aufgewacht bist, als Kaja das Haus verlassen hat. Selbst jetzt willst du nur ein Rätsel lösen.

Mania: Warst du dort?

Tomek: Genau das meine ich.

Mania: Ist es dir egal, dass er tot ist?

Tomek: Es war mir egal, dass er lebt.

Mania: Warum hast du nichts gesagt?

Tomek: Also doch.

Mania: Dein Vater!

Tomek: Beide klagen wir nun.

Mania: Hör auf damit! Ich konnte Bachmann schon in der

Schule nicht leiden.
Tomek: Lyrik entzieht sich deiner Logik.
Mania: Bachmann entzieht sich meiner Logik.
Tomek: Ausgerechnet du. Mit deinem Gedächtnis, deinem IQ und deinem akzentfreien sauberen Deutsch. Du hättest alles werden können. Und wofür entscheidest du dich?
Mania: So wie Kaja alles sein konnte?
Tomek: Jetzt sind ihre Bilder Gold wert.
Mania: Das stimmt.
Tomek: Die Hälfte deines, unseres Lebens, nur um einen Mörder hinzurichten.
Mania: Es sind andere Zeiten. Es gibt keine Notwendigkeit, etwas zu werden, und ich will nichts werden in dieser Welt. Roland K. hat sich selbst hingerichtet.
Tomek: Autosuggestion?
Mania: Etwas, das nicht vorhanden ist, lässt sich nicht suggerieren.
Tomek: Wir wissen beide, dass das nicht stimmt.
Mania: Tut es dir etwa leid um ihn?
Tomek: Um dich tut es mir leid.

Mania: Was ist das mit dir und dieser Marina?
Tomek: Was soll sein? Ich dachte, ich könnte etwas tun für sie, dass wir etwas füreinander tun könnten. Wegen unserer Geschichte.
Mania: Ein Unrecht zurechtrücken und mir das Gegenteil beweisen.
Tomek: Ernsthaft?

Mania: Hab ich recht?
Tomek: Es ist komplex, vielschichtig. Nichts lässt sich mehr bewerten. Alles ist relativ. Wie das Geld, die Währungen, alle nur im Verhältnis zueinander. Trotzdem glauben die meisten noch an den Goldstandard.
Mania: Ich brauche kein Urteil, um eine Entscheidung zu treffen.

Tomek: Wie Kaja sich das Leben genommen hat, davon habe ich ihr nie erzählt.
Mania: Vielleicht wusste sie es nicht.
Tomek: Denkst du?
Mania: Riskant von dir, dich auf mich und Ruth zu verlassen.
Tomek: *Das* war noch nie riskant.
Mania: Warum hast du nichts gesagt?
Tomek: Warum hast *du* nichts gesagt?

Ruth und Zahit kommen mit vier Tellern mit Rührei und Butterbroten zurück. Sue richtet sich auf. Tomek reicht seinen Teller an die Hündin weiter.

Zahit: Ganz toll. Jetzt kriegt sie Durchfall.
Tomek: Was tust du hier?
Zahit: Müssen wir das.
Mania: Später.
Ruth: Mir wollten sie es auch nicht sagen.
Mania: Dir braucht man doch nichts erzählen. Du hast doch dein Tablet.

Zahit: Wie wärs mit: Danke für das Essen?
Tomek: Ausgiebige Tatvorbereitungen, ein planmäßiges Vorgehen bei der Tat, die Fähigkeit, zu warten, ein lang hingezogenes Tatgeschehen, in Etappen ablaufende komplexe Handlungen und die Vorsorge gegen Entdeckung.
Mania: Wir haben deine Notizen gelesen.
Ruth: Okay. Alle sind angespannt, alle sind müde.
Mania und Tomek: Und wenn schon.
Zahit: Ich könnte mit Sue.
Tomek: Niemand geht mehr weg!

Tomek: Du hast die Notizen gefunden.
Mania: Natürlich.
Tomek: Warum brauchtet ihr dann so lange?
Zahit: Du hast gewusst, dass wir kommen?
Ruth: Na klar.
Mania: Orpheus.
Tomek: Mach dich nur lustig.
Zahit: Zuerst Roland K. und jetzt Orpheus.
Ruth: Dann google halt.
Zahit: Mein Smartphone ist kaputt.
Mania: Iss doch dein Rührei. Hier, nimm meines dazu.
Tomek: Warum?
Zahit: Drogen. Bullen. So was eben.
Mania: Nicht schon wieder. Wen interessiert das.
Ruth (zu Tomek): Deine Sandkistenfreundin ist eine Mörderin.
Mania: Hör auf damit.
Ruth: Ist aber so.

Tomek: Sie werden dich suchen.

Mania: Ruth hat die Akte gelöscht.

Tomek: Du hast ihr geholfen?

Zahit: Wisst ihr, ich bin auch hier!

Ruth: Würdest du? Wer denkt denn an so was?

Tomek: Mania?

Mania: Ruth. Es tut mir leid.

Ruth: Wirklich? Es tut dir leid. Wirklich? Wie war das mit der Reue?

Mania: Wenigstens habe ich vorgesorgt.

Ruth: Eine Affekthandlung kann man dir nicht vorwerfen.

Tomek: Wenn sie es herausfinden?

Ruth: Gleich übergeb ich mich.

Tomek: Und dann?

Mania: Ich kann nicht anders, als es in Relation zu allem anderen zu sehen.

Ruth: Dieser Knast hat dich verrückt gemacht.

Mania: Vielleicht. Aber wie alles andere lässt es sich nicht rückgängig machen.

Tomek: Wir werden, wer wir sind.

Zahit, Mania, Ruth: Was?

Mania: Du hast einen Krieg erlebt. Du hast gesehen ...

Zahit: Darüber will ich nicht sprechen.

Mania: Fair enough.

Ruth: Es rechtfertigt nichts.

Mania: Aber es erklärt.

Tomek: Was bringt es, zu verstehen, wenn ich doch nichts ändern kann?

Ruth und Mania: Frieden.

Zahit: So ist das nicht.

Tomek: Glaubst du, du kannst dich ändern?

Mania: Verhaltensweisen. Manchmal. Wenn jemand wirklich will.

Ruth: Von wegen.

Tomek: Er war doch in Sicherungsverwahrung.

Mania: Niemand bleibt für immer in Sicherungsverwahrung. Irgendwann wäre er im Regelvollzug gelandet. Irgendwann wäre ein anderer Gutachter zugeschaltet worden. Im Gefängnis hat er keine Probleme gemacht. Irgendwann wäre er rausgekommen.

Ruth: Du bist Therapeutin und glaubst nicht an Therapie.

Mania: Bestimmte Sachen lassen sich nicht nachholen.

Ruth: Dann wären wir doomed.

Mania: Du machst das Besondere zum Allgemeinen.

Tomek: Dass er es verdient hat, zu sterben, hast *du* beschlossen.

Zahit: Du glaubst, du bist Gott.

Ruth: Du weißt doch gar nicht, worum es geht.

Mania: Nein. Ich habe beschlossen, dass er in meiner Welt nichts verloren hat. Ich wollte nicht, dass er existiert.

Zahit: Du glaubst, du bist Gott.

Tomek: Deine Schuldgefühle.

Mania: Nein.

Tomek: Das wolltest du auslöschen. Dass du damals nichts getan hast. Dass du mich alleine mit ihm hinaufgehen hast lassen.

Mania: Nein.

Tomek: Und dass er danach die anderen Kinder umgebracht hat.

Mania: Nein!

Tomek: Dass du es verhindern hättest müssen. Das glaubst du.

Zahit: Ich möchte zurück nach Wien.

Ruth: Nicht nur du.

Zahit: Wann fahren wir?

Ruth: Das Auto ist hinüber. Vergessen?

Tomek: Ich dachte nie.

Mania: Natürlich nicht. Warum auch?

Ruth: Sie werden nach dir suchen.

Mania: Ich weiß.

Ruth: Vier Selbstmorde, alles deine Patienten.

Mania: Ich weiß.

Ruth: Nach mir werden sie auch suchen.

Zahit: Irgendwie cool. Ich hatte mal einen Freund.

Ruth: Nicht jetzt.

Tomek: Oh Mania.

Mania: So ist das halt.

Ruth: Dieses Mal werde ich dir nicht helfen. Aber das weißt du sicher auch.

Tomek: Vergiss nicht, dass auch du, plötzlich, an jenem Morgen, als dein Lager noch nass war von Tau und die Nelke an deinem Herzen schlief, den dunklen Fluss sahst, der an dir vorbeizog.

Mania: Nicht schon wieder.

Zahit: Das Gedicht?

Ruth: Das Gedicht.
Mania: Morgen früh breche ich auf.

Es klingelt an der Tür. Sue bellt. Mania hebt den Hörer der Gegensprechanlage ab, drückt auf den Knopf.

Mania: Dein Vater.
Tomek: Entweder ich oder ein weites Feld. Dazwischen gibt es nichts.

12.

Es ist der erste August im Jahr des Schweins. Manias Mutter hat mir zu Beginn dieses chinesischen Jahres im Februar versichert, dass es ein angenehmes würde, und tatsächlich kann ich nach den letzten zwei Jahren, dem des Hahns und dem des Hundes, so weit nicht klagen.

Im Haus von Manias Mutter fasste ich den Plan, ganz wie Marina es prophezeit hatte, alles, was geschehen war, aufzuschreiben.

Anfangs ging es mir lediglich darum, wieder gesund zu werden, nach dem Ort in meinem Kopf zu suchen, der heil geblieben und bereit war, dem Rest zu helfen.

Marinas Suizid war damals durch Sue vereitelt worden. Sie lebte noch.

Anders, als ich vermutet hatte, war Marina keineswegs wütend darüber, noch am Leben zu sein. Ihr Zustand war aber sehr bedenklich.

Nachdem ich aus Polen nach Wien zurückgekehrt war, besuchte ich sie regelmäßig in der Klinik. Wir sprachen jedoch kaum, wobei das mehr an ihr als an mir lag. Sie hatte mich ausgesperrt und ich konnte es ihr nicht übel nehmen, hatte ich doch unseren Pakt verraten. Die Ärzte gaben mir nur widerwillig Auskunft, aber zwischen ihren Sätzen, aufgebauscht mit Fachvokabular, hörte ich heraus, dass es ihr stetig besser ging. Sie machte den Eindruck einer kontinuierlichen Genesung.

Ich nahm für die Tage, die ich bei ihr in der Klinik verbrachte, Bücher mit, aus denen ich vorlas. Es waren keine bestimmten Bücher. Ich versuchte nicht mehr, sie in eine Richtung zu lenken. Meistens zog ich die Bücher wahllos aus meinem Regal, oder ich brachte welche aus der Bibliothek mit, die ich ohnehin las.

Einmal gab mir Zahit ein Buch, er meinte, es könne mich interessieren. Er sagte, dass er mit Ruth einen Film gesehen habe, und danach hätte Ruth das Buch bestellt. Es war die autobiografische Geschichte einer Gefängnistherapeutin, die 2009 von einem Patienten als Geisel genommen und stundenlang vergewaltigt worden war. In dem Buch beschreibt sie zum größten Teil die Zeit danach, also den Kampf mit den Folgen. Sie fügt aber auch das Gedächtnisprotokoll hinzu, das sie kurz nach dem Vorfall geschrieben hatte. Beim Vorlesen überblätterte ich diese Seiten.

Der Sexualstraftäter und Mörder, der sie vergewaltigt hat, heißt Roland K. Nach dem Vorfall hatte sie aufgehört, als Therapeutin zu arbeiten, sie schrieb seither Bücher und trainierte Hunde. Ich habe nicht alle ihre Bücher gelesen, aber doch einige.

Neun Jahre später, im Februar 2018, wählte sie den Freitod. Diese Nachricht traf mich unerwartet hart. Ich kannte sie ja nicht. Aber ihre Geschichte und diese letzte Entscheidung beschäftigen mich immer noch.

Marina hörte mir beim Vorlesen dieses Buches genauso zu wie bei all den anderen, die ich mitbrachte. Weder mit Interesse noch mit Desinteresse. Sie saß einfach nur da, bis ich das Buch zuklappte. Dann stand sie auf und ging zurück in ihr Zimmer. Von dem Freitod der Therapeutin erzählte ich ihr trotzdem nicht.

Im März 2018, nach fast zwei Jahren, wurde Marina entlassen. Ende Juni wählte sie den Freitod. Dieses Mal ging sie auf Nummer sicher und schnitt sich die Hauptschlagader durch. Der Tod muss recht schnell gekommen sein. Ich fühlte nichts, als ich verständigt wurde. Auch heute kann ich kein exaktes Gefühl ausmachen.

Mit Marina war es so: Die Momente kamen und sie gingen. Aber jetzt bestimme wieder ich, wie ich meine Vergangenheit, Gegenwart und Zukunft gestalte.

Ruth und Zahit wohnen inzwischen zusammen, gemeinsam mit drei weiteren Freundinnen und Freunden und einer Katze. Die anderen kenne ich nicht.

Eine Woche, nachdem Mania verschwunden war, landeten die vier Suizide aus der JVA Moabit schließlich in der Boulevardpresse. »Sexualstraftäter und Mörder begehen kollektiv Selbstmord. Gefängnistherapeutin spurlos verschwunden.« Vier Fotos der Täter, aber keines von Mania. Wohl aus Mangel an Beweisen – es waren ja kaum Aufzeichnungen übrig – war entschieden worden, zunächst nur intern zu ermitteln. Aber darüber weiß ich nichts, und ich habe Ruth, die mir vermutlich Auskunft geben hätte können, nicht danach gefragt. Sie hatte ihr altes Leben hinter sich gelassen. Daran wollte ich nicht rütteln.

Oftmals wünsche ich mir, damals, als Marina noch lebte, das Wissen von heute besessen zu haben. Dann stelle ich mir manchmal vor, dass ich wirklich etwas für sie hätte tun können. In anderen Momenten, in denen mich der Schmerz der Erinnerungen überkommt, sehne ich mich nach Manias Fähigkeit, trotz all dem theoretischen Wissen nie das Wesentliche aus den Augen zu verlieren.

Wenn das Wissen um eine Sache sich langsam im ganzen Körper ausbreitet, weiß man wirklich. So ist es bei mir, aber bei Mania verläuft der Prozess andersrum. Manias ganzer Körper weiß, und manchmal, wenn es der Sache dienlich ist, übersetzt sie für andere dieses Wissen, formt daraus Gedanken und aus den Gedanken werden Worte. Vielleicht, so habe ich überlegt, lässt sie sich deshalb so wenig von den Worten und Theorien anderer beeindrucken. Es sind eben nur mal bessere, mal schlechtere Übersetzungen, während die Wahrheit, könnte sie jeder Mensch so greifen wie Mania, keiner Übersetzung bedarf. Sie ist einfach da.

Obwohl ich Manias Entscheidung in Bezug auf Roland K. noch immer nicht gutheiße, so betrachte ich sie inzwischen doch differenzierter und mehr aus dem Blickwinkel der Geschädigten, zu denen ich selbst auch gehöre.

Die ersten Tage nach Manias Verschwinden trug Sue den Kopf gesenkt. Sie wedelte auch seltener mit dem Schwanz, als es sich für einen Labrador schickt. Ich beobachtete es und erwog einen Besuch beim Veterinär. Da löste sich ihre Stimmung plötzlich auf und sie schien wieder ganz die Alte.

Ende des letzten Jahres beschloss Sue, dass es nun Zeit war, zu gehen. Ich wollte es anfangs nicht wahrhaben und trug sie wie immer täglich dreimal die Treppen zu meiner Wohnung hinauf und hinunter und fuhr mit ihr an den See. Dort legte sie sich ans Ufer und betrachtete abwesend das Wasser, ohne das Bedürfnis zu haben, zu schwimmen. Als sie ihr Essen ablehnte und mich dabei anklagend ansah, konnte ich es vor mir selbst nicht länger verbergen. Ich fuhr mit ihr zur Tierärztin. Es war mir nicht mehr möglich, zu sprechen. Sobald die grellblaue Flüssigkeit in ihren Körper drang, erschlaffte ihr Kopf in meinem Schoß. Ich begrub sie nachts zwischen den Birken am See. Die Erde war nicht gefroren, aber fest und von Wurzeln durchfressen. Es dauerte eine Ewigkeit. Ihr helles Fell glänzte, als ich es in die Erde legte. Der Körper war noch weich. Ich weiß nicht, welchen Teil von mir ich dieses Mal mit in die Erde gelegt habe, aber er muss sehr groß gewesen sein, denn seither fühle ich mich kleiner gegenüber diesem Leben und seinen Herausforderungen.

Als ich der Tierärztin zunickte, Sue nun die Spritze zu geben, verstand ich erst, was Marina bereits vor dem Keller begriffen hatte. Dass ich ihr niemals dabei helfen können würde.

Auch wenn Sue für eine Hündin ein recht autonomes Leben geführt hatte, war sie dennoch immer mein Hund und damit von mir abhängig gewesen. Damit diese Abhängigkeit ihren Ausgleich fand, war es meine Aufgabe, sie zu beschützen. Und obwohl sich jeder Tropfen Blut in mir dagegenstemmte, durfte ich ihr den letzten Wunsch nicht verwehren und das wusste sie. Aber Marina war ja nicht mein Hund.

Heute spüre ich nicht mehr, wie furchtbar alles im Jahr des roten Affen gewesen ist. Ich weiß es nur noch. Aber in den Nachtstunden, wenn ich wehrlos bin, überfällt mich der Keller in meinen Träumen und entlockt mir die Schreie, die in jenen Stunden Einzug in meinen Körper gehalten haben.

Nachdem Marina und Sue begraben waren, veränderte sich das Verhältnis zu meinem Vater. Ich bin nicht sicher, ob Vergebung dem Gefühl gerecht wird, denn er hatte ja nichts verbrochen. Er hatte es bei Kaja nur nicht versucht so wie ich bei Marina, und heute scheue ich mich, einem Menschen das vorzuwerfen.

Auch habe ich deutlicher vor Augen, dass es nur noch ihn, Manias Mutter und meinen Großvater gibt, die aus meiner Vergangenheit ins Heute hinüberreichen. Nach ihnen wird niemand mir Nahestehender außer Mania mehr am Leben sein, mit dem ich die Gesamtheit meiner Geschichte teile.

Seit Marinas Tod lebe ich die Hälfte des Jahres in Wien bei meinem Vater und die andere Hälfte in Warschau bei meinem Großvater und Manias Mutter. Mania ist nicht hier, um sich um sie zu kümmern, und ich tue es gerne.

Hinzu kommt, dass ich seit meiner Kindheit nicht mehr so viel Zeit in Polen verbracht habe, und ich merke, wie sehr ich dieses Land, an dem ich so viel auszusetzen habe, liebe und dass ich es genieße, von seinen Menschen umgeben zu sein, von denen ich immer mehr erwarte und mir mehr erhoffe und nicht müde werde, an sie zu glauben.

Manchmal wünsche ich mir, dass Mania auch diese Aufzeichnungen liest und mir schreibt, was sie darüber denkt. Oft toben in mir noch die offenen Fragen und verpassten Momente. Aber vielleicht lebt man überhaupt nur deshalb weiter, weil man gewisse Dinge niemals begreifen wird. Letztendlich sind es nur Geschichten, Gedanken und eine Sprache. Weniger als etwas und mehr als nichts.

Epilog

Es war fünf Uhr morgens, als Mania das letzte Mal über ihr altes Smartphone wischte, bevor sie mehrmals darauf herumtrampelte und es danach in einen Mülleimer am Hauptbahnhof warf. Ein pastellfarbener Himmel zog über den gläsernen Hochhäusern Warschaus auf. Im Zehn-Minuten-Takt ging ein alter Security, ohne sie zu beachten, an ihr vorbei.

Mania erinnerte sich, dass die Securities nach der Wende zwei Jahrzehnte hindurch jung und brutal gewesen waren. Ausgehungert nach Abenteuer und Ferne, aber ohne die Mittel für das eine oder andere, hatten sie sich an jenen abreagiert, die schwächer waren als sie, an den alten Alkoholikern, die ihrerseits nach einem humanen Tod hungerten, und den Punks, die es verpasst hatten, mit den anderen, auch ohne die Mittel dazu, nach Berlin, Amsterdam oder Lyon auszuwandern.

Sie fragte sich, was wohl aus den damaligen Securities geworden war, ob es dieselben Männer waren, die heute extrem rechts wählten, ihre Kinder zu Hooligans erzogen und zu Ostern in die Kirche schickten, damit sie geweihte Eier für das Frühstück nach Hause brachten.

Statt diesen jungen Männern stockten jetzt Pensionisten ihre mickrige Rente damit auf, vor öffentlichen Gebäuden und Firmen herumzuschlurfen, einen Schlagstock am Gürtel, der eher eine Gefahr für sie selbst darstellte, wenn er zum Beispiel jemandem wie Mania in die Hände käme. Amüsiert drehte sie sich eine Zigarette.

Sie war 38 Jahre alt und alles, was sie sich für ihr Leben bisher vorgenommen hatte, war vollbracht, und alle Menschen, die ihr wichtig waren, ließ sie zurück.

Während sie den Rauch durch die Nase blies, stellte sie sich für einen Moment vor, wie es wäre, nach Berlin zurückzugehen. Für den Bruchteil einer Sekunde überkamen sie Zweifel, und verwundert über diese Verunsicherung, die sie plötzlich spürte, entschied sie zum ersten Mal in ihrem Leben, diesem Gefühl ein wenig Platz zu lassen.

Vielleicht gäbe es nicht einmal ein Gerichtsverfahren und sie müsste lediglich von ihrer Position zurücktreten? Dann könnte sie ganz legal wieder nach Wien ziehen, wieder mit Tomek zusammenwohnen, darum flehen, dass Ruth ihr verzieh, wahrscheinlich würde ihr Ruth sogar verzeihen, einen anderen Job finden, vielleicht eine eigene Praxis aufmachen, gutes Geld verdienen. So lebten doch Menschen in ihrem Alter. Sie könnte sich neu verlieben und ihre Freundin inzwischen sogar heiraten. Etwas Ähnliches jedenfalls. Und eine von ihnen könnte schwanger werden. Sie wären eine Familie. Daran wäre nichts verkehrt. Ihre Mutter würde sich freuen, womöglich selbst nach Wien kommen und ihnen mit dem Kind helfen, und Tomek wäre der Onkel und Sue würde auf das Baby aufpassen. Bei dem Gedanken an Sue versetzte es Mania einen Stich. Wenn sie jetzt für mehrere Jahre verschwand, würde sie Sue nie wiedersehen.

Sie schnippte die Zigarette auf den Gehsteig und erntete dafür einen bösen Blick des Security. Dann zog sie zwei Pässe aus ihrer Bauchtasche und betrachtete die Fotos. Vor drei Jahren, kurz nachdem sie ihre Arbeit in der JVA aufgenommen hatte, hatte sie ihre Mutter besucht und bei einem alten Freund einen Pass für sich und einen für Ruth anfertigen lassen. Es war ungewiss gewesen, wie lange sie für ihren Plan brauchen würde und wie sehr sie Ruth da mit hineinzog. Für den Fall, dass sie beide Europa verlassen mussten, wollte sie auf Nummer sicher gehen und auch einmal etwas für Ruth gecheckt haben.

Vor drei Monaten, als Roland K.s psychischer Zustand sich soweit verschlechtert hatte, dass sie nicht mehr einschätzen konnte, wie lange er noch am Leben festhalten würde, beantragte sie für sich und Ruth zwei Visa nach Indien. Es gingen nie alle Berechnungen auf, damit hatte sie sich abgefunden. Aber Tomeks Verschwinden war so plötzlich über sie hereingebrochen und hatte sie derart destabilisiert, wie es Mania nach Kajas Suizid nie wieder für möglich gehalten hatte. Etwas in ihr war aufgebrochen worden und machte sie seither verwundbar, auch wenn sie Tomek nun in Sicherheit wusste. Insgeheim hoffte sie noch, dass sie, wenn ein wenig Zeit verstrich, bald wieder die Alte sein würde, aber so raffiniert sie anderen etwas vormachen konnte, so schlecht war sie darin, sich selbst zu belügen. Der Bruch war da und lag vor ihr. Eine Falle zog sich zu, es gab keine Richtung mehr, nur ein Verweilen und einen Rückzug. In ihrem Gedächtnispalast bröckelte der Verputz, zersplitterte Fensterscheiben lagen über die Böden der Zimmer verstreut und mitten durch das Fundament zog sich ein Riss. Es gab einiges an Reparaturarbeiten, wollte sie verhindern, dass ihre narkoleptischen Anfälle chronisch wurden und sie irgendwo in Indien strandete und wie eine der weißen Rucksacktouristinnen zusammenklappte oder sich einem Guru anschloss. Bei der Vorstellung von sich selbst in einem orangenen Sari und mit geschorenem Kopf lachte sie auf und die Zweifel waren verschwunden. Was übrig blieb, war, eine Entscheidung zu treffen. Sie überlegte, ob sie gleich den nächsten Flieger nach Bombay nehmen oder doch noch einen Abstecher nach Gliwice machen sollte.

Wenn sich eine Entscheidung nicht innerhalb von sieben Sekunden treffen ließ, konnte man genauso gut etwas in die Luft werfen, und je nachdem, wie es aufkam, ergab sich eine Lösung. Dieses Mal fischte Mania eine Münze aus der Hosentasche. Kopf: Gliwice, Zahl: alleine fliegen.

Im gleißenden Licht der Vormittagssonne hatte das Ibis Budget nichts mehr mit dem Grand Budapest von Wes Anderson gemeinsam. Es war eine grau-weiße, zehn Stockwerke hohe Platte im Nirgendwo mit einem riesigen Parkplatz, umzingelt von bewaldeten Hügeln. Unvorstellbar, dass irgendjemand eben diesen Ort als Urlaubsziel wählte. Vom Bahnhof in Gliwice hatte Mania eine Tram bis an den Stadtrand genommen und war weitere fünf Kilometer zu Fuß gegangen. Vielleicht Saisonarbeiter, überlegte sie, aber dafür schien ihr das Hotel dann doch zu kostspielig. Als Bordell eignete es sich von der Größe her nicht. Sie betrat das Foyer und erkannte nichts wieder.

Am Empfangsschalter stand eine Frau von weit über Sechzig mit einer Hornbrille, die ihr halbes Gesicht verdeckte, dafür aber ihre Augen gespenstisch vergrößerte. Sie nickte Mania zu, als diese an ihr vorbei Richtung Restaurant ging. An einem der Frühstückstische saß ein älteres Ehepaar. Die Frau schmierte Butter und dann Marmelade auf ein Stück Brot, während der Mann in der Zeitung las. Mania setzte sich. Eine Vase mit mehreren Plastikrosen stand auf dem Tisch, daneben ein Salz- und ein Pfefferstreuer aus Porzellan, Maria und Josef.

»Was kann ich für Sie tun?«, fragte eine Frauenstimme. Gleich darauf wurde der Stuhl rechts von Mania zurückgezogen und Oksana setzte sich neben sie. »Du bist zurückgekommen«, stellte sie fest.

»Ich bin zurückgekommen«, bestätigte Mania. An ihrer Stimme, nicht an ihrem Aussehen hatte Mania sie sofort erkannt. Vage erinnerte sie zwar kurze, schwarze Locken, aber tagsüber schien Oksana wenig Wert auf Make-up zu legen, ihre Lippen wurden durch einen dezenten Lipgloss kaum betont, die Augen verstärkte lediglich dünn aufgetragene Wimperntusche. Das Outfit war beinahe bieder, eine weiße, bis oben hin zugeknöpfte Bluse, ein schwarzer Rock, der über die Knie reichte, und sogar eine cremefarbene Strumpfhose trotz der Sommerhitze. Auch schien Oksana älter, als Mania gedacht hatte, keineswegs Anfang, eher Ende zwanzig.

»Warum?«, fragte Oksana schließlich.

»Arbeitest du schon lange hier?«

»Seit 2014.«

»Seit dem Krieg?« Oksana nickte und Mania bohrte nicht nach. »Ich gedenke auszuwandern.«

»Aus Polen?« Sie schien amüsiert.

»Aus Europa.«

»Auswandern aus Europa.«

Mania nahm den Salzstreuer in die rechte und den Pfefferstreuer in die linke Hand und bewegte die beiden Figuren über den Tisch.

»In das geheiligte Land?«

»Noch ein Stück weiter«, berichtigte Mania.

»Du bist zurückgekommen, um mir das zu erzählen?«

»Und dich mitzunehmen.«

Oksana lachte und stellte Maria und Josef wieder neben die Plastikrosen.

»Etwas stimmt nicht mit dir«, sagte sie schließlich. »Deine Augen.«

»Meine Augen?«

»Ich sehe viele Augen, aber deine sind wie Spiegel. Ich sehe darin nur mich selbst.«

»Du bist verrückt«, konterte Mania, ohne dabei die Miene zu verziehen. Aber kurz wurde ihr kalt und sie fuhr sich über die nackten Unterarme. »Kommst du trotzdem mit?«

Oksana beobachtete sie aufmerksam, dann stand sie auf und verließ die Bar. Verwirrt sah Mania ihr nach.

Fast geräuschlos hob der Flieger der Swiss vom Boden ab. Nur ein Augenblick flauen Magengefühls markierte den Übergang vom Boden in die Luft. Es waren fünf Jahre vergangen, seit

Mania zum letzten Mal ein Flugzeug benutzt hatte. Damals war sie mit Ruth auch nach Indien geflogen, nach Delhi, und dann weiter nach Rishikesh, um ihre Yoga- und Meditationsausbildung abzuschließen. Fünf Jahre, das war im Grunde keine lange Zeit, aber in ihrer Erinnerung war sie ferner als ihre Kindheit. Europa verschwand zügig unter den Wolken, der Ton erklang, als das Symbol den Passagieren erlaubte, den Gurt zu öffnen. Oksana ließ Manias Hand los und hielt sich die Nase zu.

»Ich bin noch nie geflogen«, erklärte sie und grinste Mania dabei an.

»Und ich schon viel zu oft«, sagte Mania, lächelte zurück und blinzelte, vergewisserte sich, dass es wirklich Oksana war, die neben ihr saß, die noch vor wenigen Stunden im Ibis Budget aufgestanden war, um ihren Koffer zu packen und mit Mania gemeinsam auf Reisen zu gehen. Einfach so.

»Was ist?«, fragte Oksana.

»Nichts. Gar nichts.«

»Fliegen Sie zum ersten Mal nach Indien?«, fragte der Mann im Anzug ohne Krawatte mit britischem Akzent neben ihnen. Oksana nickte und Mania sah aus dem Fenster, vor dem sich über den Wolken der Sonnenuntergang ankündigte.

»Ich fliege seit einem Jahr zwei Mal im Monat nach Bombay. Geschäftlich.«

»Was arbeiten Sie?«, fragte Oksana höflich in einem beinahe akzentfreien Englisch.

»Ich leite ein Bauunternehmen. Meine Firma, wir eröffnen eine neue Zweigstelle.«

»Interessant.«

»Und Sie?«

»Ich bin Sexarbeiterin und das ist meine Freundin. Wir wandern aus.«

Und ich bin eine Mörderin, dachte Mania, sah weiter aus dem Fenster und überlegte, was sie über die Baufirma gelesen hatte. Der Servierwagen mit dem Abendessen kam neben ihren Sitzen zum Stehen.

»Steak, Fisch oder vegetarisch?«, fragte die Stewardess gelangweilt.

»Vegetarisch«, antworteten Oksana und Mania.

»Steak«, antwortete der Brite. Er nickte Oksana noch einmal zu und setzte dann seine Kopfhörer auf.

Sie aßen ihr Palak Paneer mit Reis und einem Raita schweigend. Im Flugzeug ging das Licht aus. Der Brite drückte routiniert seine Rückenlehne nach hinten. Oksana legte den Kopf auf Manias Schulter.

»Erzählst du mir irgendwann, warum du auswandern wolltest?«

»Ich denke nicht«, antwortete Mania und schaltete das Leselicht über ihrem Sitz ein.

»Und warum wir ausgerechnet nach Bombay fliegen?«

»Weil ich meinen Vater wiedersehen möchte.«

»Dein Vater lebt in Indien?«

»Das hat meine letzte Recherche ergeben und ich denke, dass er inzwischen zu alt ist, um noch einmal umgezogen zu sein.«

»Aber er lebt?«

»Davon gehe ich aus.«

»Und was machen wir, wenn wir ihn gefunden haben?« Mania zögerte.

»Darüber habe ich noch nicht nachgedacht«, antwortete sie erstaunt.

Dank

für die Begleitung des roten Affen

an meine Testleserinnen Yael Inokai, Eva Schörkhuber, Barbara Schnalzger, Irina Nekrasov

an die TBG in Leipzig: Alexandra Ivanova, Anna Kow, Olivia Golde, Carolin Krahl, Simon Kalus, Sibylla Vričić Hausmann, Ricarda Kiel, Andra Schwarz, Katharina Bendixen, Bettina Wilpert und Anne Hofmann.

an meine Lektorin Jessica Beer

und für den Umschlag an Eva Grün.

Inspiriert von und teilweise zitiert aus:

Gelesenem

Marlen Haushofer, Oscar Wilde, Audre Lorde, Sarah Kane, Marie Ndiaye, Michael Ende, Ursula K. Le Guin, Ingeborg Bachmann, Ovid;

Susanne Preusker (Sieben Stunden im April), Marsha M. Linehan (Dialektisch-Behaviorale Therapie der BPS), Hanna Arendth (Nach Auschwitz), Susan Neiman (Das Böse denken), Bettina Stangneth (Böses Denken), Karin Münzel (Depression und Erleben von Dauer), Birgit Wagner (Posttraumatische Belastungsstörung und Komplizierte Trauer: Prävalenzen, Risikofaktoren und internetbasierte Interventionen), Manuela Rösel (Borderline Verstehen), Antje Krueger (Flucht-Räume), Ariane Brenssel (Störungen), Luise Reddemann (Psychodynamisch Imaginative Traumatherapie PITT), Colin McGinn (Das Gute, das Böse und das Schöne), F.A. Yates (Gedächtnis und Erinnern), Otto F. Kernberg & Hartmann Hans-Peter (Narzissmus), Norbert Nedopil (Forensische Psychiatrie & Jeder Mensch hat seinen Abgrund), Jörg Noller (Theorien des Bösen), Erich Fromm (Anatomie der menschlichen Destruktivität), Dulz&Herpertz&Kernberg&Sachsse (Handbuch der Borderline-Störungen), Peter Fiedler (Persönlichkeitsstörungen), Hans Heinz Holz (Dialektik, Problemgeschichte von der Antike bis zur Gegenwart Band IV: Neuzeit 2), Jean-Auguste Njengué (Migration, psychosozialer Stress und posttraumatische Belastungsstörung bei bosnischen Kriegsflüchtlingen), Jean Améry (Hand an sich legen), Christoph Schulte (radikal böse), Rudolf Schmitt (Metaphern des Helfens), Stefan Jacobs (Neurowissenschaften und Traumatherapie), Gerd Mischler (Von der Freiheit das Leben zu lassen);

Gesehenem

Hannibal (Serie), Unendliche Geschichte (Film), Star Wars IV, V, VI (Trilogie), Blade Runner (Film), The Fall: Tod in Belfast (Serie), Nanette – Hannah Gadsby (Show);

Gesprächen mit

Gefängnisinsassen sowie Gabriele Klyk, Thomas Mayer, Bärbel Teubert, Izabella Zielinska;

S. 156 Kontaminierte Landschaften